Die Taunus-Ermittler 5 – Blanke Gewalt

Von Gabriele und Jürgen Jost bereits erschienen :

Kriminalromanreihe Die Taunus-Ermittler:

Band 1 – Steinige Wege
Band 2 – Spuren
Band 3 – Endstation Linie 3
Band 4 – Wo ist Verena?

Andere Romane:

Meeresrauschen für Lara

Weitere Infos unter :
www.Gabriele-und-Jürgen-Jost.de

Anmerkung:
Während die meisten unserer Schauplätze real existieren und
nur selten der Dramaturgie zuliebe leicht verfremdet beschrieben
werden, handelt es sich bei der Paul-Oberhoff-Schule im Frankfurter
Stadtteil Höchst und der Krakauer Straße in Kelkheim um
reine Fantasieprodukte. Allerdings wird das Umfeld der kurzen
Kelkheimer Verbindungsstraße (das Gebiet zwischen Breslauer,
Danziger, Beuthener und Görlitzer Straße) auch in Zukunft so
authentisch wie möglich geschildert.

Gabriele und Jürgen Jost

Die Taunus-Ermittler 5 –

Blanke Gewalt

Kriminalroman

Bibliografische Information der Deutschen Nationalbibliothek:
Die Deutsche Nationalbibliothek verzeichnet diese Publikation in der
Deutschen Nationalbibliografie;
detaillierte bibliografische Daten sind im Internet über
http://dnb.d-nb.de abrufbar.

© 2014 Gabriele und Jürgen Jost
Satz, Umschlaggestaltung, Herstellung und Verlag: BoD – Books on
Demand
ISBN: 978-3-7357-4401-2

1.

Es war ein milder Wintermorgen wie schon lange nicht mehr. Die Sonne lachte vom Himmel, als hätte sie nichts Besseres zu tun. Die dicken Eiszapfen, die schon seit Wochen von der Dachrinne herabhingen, lösten sich innerhalb weniger Stunden in Wohlgefallen auf, obwohl der Wetterbericht starke Schneefälle gemeldet hatte. Noch drei Tage zuvor hatte das Thermometer heftige Minusgrade angezeigt, aber an diesem Samstag Anfang Februar kletterten die Temperaturen auf elf Grad Celsius. Der heftige Schneesturm, der am vergangenen Wochenende über den Taunusrücken gefegt war, hatte zwar einige Bäume wie Streichhölzer geknickt und den Inhalt mancher Mülltonne auf den sonst so sauber gefegten Straßen Kelkheims verteilt, dafür aber auch die Kälte vertrieben.

Verena stand am Wohnzimmerfenster ihrer neuen Wohnung in der Krakauer Straße, in die sie erst vor Kurzem mit Stefan gezogen war, und sah verträumt hinaus.

»Wenn es nur so schön bleiben könnte«, seufzte sie. »Das trübe Wetter der letzten Wochen war nicht zum Aushalten.«

Vielleicht lag ihre Unruhe auch daran, dass ihre Kinder in etwa acht Wochen zur Welt kommen würden. Irgendwie konnte sie es immer noch nicht so recht fassen, dass sie bald Mutter werden sollte. Und dann gleich zwei auf einmal …

Ihr Onkel Peter hatte es im Scherz vorausgesagt. Als sie schon nach wenigen Wochen stark zugenommen hatte, hatte er sie angegrinst und gemeint: »Man könnte fast auf den Gedanken kommen, dass du Zwillinge bekommst.«

»Gott steh mir bei«, war ihre erste Reaktion gewesen.

»Der hilft uns dann auch nicht mehr«, war es ihrem Verlobten Stefan spontan herausgerutscht. Schnell hatte er lässig hinzugefügt: »Na ja, warten wir erst mal den nächsten Ultraschall ab.«

Diese Untersuchung hatte dann alle Zweifel beseitigt. Dass ihr Schreck darüber, Zwillinge zu bekommen, schnell der Vorfreude gewichen war, hatte sie auch Stefan zu verdanken. Voller Liebe dachte sie an ihren Verlobten, der von der ersten Sekunde an, als er von ihrer Schwangerschaft erfuhr, völlig vernarrt in den Gedanken war, Vater zu werden. Der Junior-Partner in der Detektivagentur ST+W – Die Taunus-Ermittler hatte sofort versprochen, in den ersten Monaten nach der Geburt kürzer zu treten und sie zu entlasten. Dann würde ihr Onkel Peter, der Senior-Partner, eben die Hauptlast tragen müssen.

Doch kaum hatte Verena an den Beruf ihres Verlobten gedacht, da fuhr ihr dieses beklemmende Gefühl wieder in die Magengegend, und sie bekam einen heftigen Schweißausbruch, denn damit standen ihr auch die furchtbaren Erlebnisse vom letzten Sommer, in ihren ersten Schwangerschaftswochen, wieder vor Augen. Sie zwang sich, den Rat ihrer neuen Therapeutin, zu der sie seit einiger Zeit zweimal wöchentlich ging, zu befolgen, und führte sich ihre Erlebnisse von damals ganz bewusst vor Augen, statt sie wie bisher zu verdrängen.

Aber die Gedanken daran waren schon sehr beklemmend. Einen Tag, nachdem sie von ihrer Schwangerschaft erfahren hatte, war sie von Marc Meisenberger, einem berüchtigten Schwerverbrecher, und Jan Hinkebein, seinem naiven Gehilfen, quasi aus Versehen entführt worden. Eigentlich hatten die beiden eine reiche Unternehmertochter in ihre Gewalt bringen wollen, die Verena zum Verwechseln ähnlich sah. Noch einmal spielte sich vor ihrem inneren Auge ab, wie sie an jenem Tag im August am Stadtrand von Kelkheim betäubt worden und erst in einer Jagdhütte im Hintertaunus wieder zu sich gekommen war.

Ohne dass sie es gleich bemerkte oder gar hätte verhindern können, begannen ihr Tränen die Wangen herabzurinnen, und als es ihr auffiel, schimpfte sie laut mit sich selbst: »Jetzt hör endlich mit dem Geflenne auf! Du und die Kinder, ihr habt alles gut überstanden. Außerdem hat die Therapeutin gesagt, du wärest schon bald darüber hinweg. Also Schluss jetzt.«

Außerdem, so sagte sie sich, hatte das ganze Martyrium doch auch etwas Gutes bewirkt. Sie dachte an die Hochzeit, bei der sie letzte Woche Trauzeugin gewesen war. Bei der groß angelegten Suchaktion nach der verschwundenen Verena, die ihr Onkel Peter mit Freunden organisiert hatte, hatten sich Kim Li Wung und Jörg Stuhlbein kennengelernt. Kim Li war die Tochter von Dao Tae Wung, dem Inhaber der Kampfsportschule *Wung Fu*, und Verena hatte bei Kim Li ihre Judokenntnisse aufgefrischt. Wie Dao war auch Jörg Stuhlbein ein alter Freund von Peter und zudem Polizeibeamter in Wiesbaden.

Verena musste bei dem Gedanken schmunzeln, wie schnell es zwischen der Deutsch-Asiatin und dem biederen Beamten gefunkt hatte. Da beide Sportfreaks waren und schon an verschiedenen Marathonläufen teilgenommen hatten, drehten sie seit damals ihre Runden gemeinsam.

Die Hochzeit hatte in Daos Haus in Bad Camberg stattgefunden, und als Kim Li gefragt hatte, ob Verena ihre Trauzeugin sein wolle, hatte sie trotz ihres beachtlichen Babybauches mit Freuden zugesagt.

»Schön war die Hochzeit«, sagte Verena laut in den Raum und dachte verträumt und inzwischen wieder völlig ruhig an ihre eigene, die für den kommenden August geplant war. Da würde Kim Li dann Trauzeugin sein. Außerdem hätten ihre Eltern dann ihr berufliches Engagement in Australien beendet und wären zurück in Deutschland.

Wie schön wär's, wenn Stefan jetzt hier wäre, dachte sie. Aber er und Peter mussten sich unbedingt um das leidige Thema Buchführung kümmern, in der ihre Detektiv-Agentur permanent zu ersticken drohte. Zumindest so lange, bis Peters Freundin Annika mit ihrem Sohn Sven nach Kelkheim zog, würden die beiden wohl allein damit zurechtkommen müssen. Sie selbst hatte des Öfteren ausgeholfen und neben der Buchführung hin und wieder auch mitermittelt.

Schade, dachte sie ein wenig wehmütig, daraus wird ja in den nächsten Jahren nichts werden. Aber als ihr die Berge achtlos auf den Schreibtischen verstreuter Rechnungen und Belege wieder einfielen, wusste sie, dass sie zumindest darauf gut verzichten konnte. Peter und Stefan hatten ein unnachahmliches Talent darin entwickelt, das Chaos einfach zu übersehen.

»Trotzdem liebe ich diesen Chaoten«, sagte sie laut und musste schmunzeln, als sie daran dachte, dass Stefan sie am liebsten bereits Anfang November, kurz nach ihrer völligen körperlichen Genesung, zum Standesamt geschleppt und geheiratet hätte. Aber diesen Zahn hatte sie ihm ganz schnell gezogen. Schließlich wollte sie weder im Winter noch ohne ihre Eltern heiraten.

Verena riss sich aus ihren Gedanken, ging in die Küche hinüber und räumte die Spülmaschine aus, was ihr inzwischen schon recht schwerfiel. Kein Wunder, hatte sie inzwischen doch gut und gern achtzehn Kilo zugelegt. Danach bereitete sie sich einen Espresso, ließ sich vorsichtig auf einen Küchenstuhl sinken und dachte daran zurück, wie ihre Mutter bei einem Telefonat im letzten September Stefans und ihre Hochzeitspläne ruck, zuck unter einen Hut gebracht hatte.

»Heiratet doch im Herbst erst einmal standesamtlich, und im Sommer, wenn du wieder in das Brautkleid passt, das du dir so sehr wünschst, holt ihr die kirchliche Trauung nach.«

Diese Idee von Sabine Stettner hatte nicht nur Verena, sondern auch Stefan begeistert.

Dass dann doch alles anders als geplant gekommen war, hatte daran gelegen, dass Verenas Psyche auch im Herbst noch nicht so stabil war, wie alle geglaubt hatten. Wenige Tage nach dem Telefonat – die regelmäßigen Sitzungen bei ihrem Psychotherapeuten waren gerade erst deutlich reduziert worden – hatte sie einen schweren Rückfall erlitten. Eines Morgens, Verena war gerade aufgestanden und ins Bad gegangen, wurde sie von einem derart heftigen Weinkrampf gepackt, dass Stefan sich gezwungen sah, sich für einige Tage aus der Arbeit auszuklinken. Er war mit ihr kurzerhand zu einer anderen Therapeutin gefahren, die er für kompetenter hielt. Diese hatte gemeint, dass alles viel zu schnell gehe. Ihr dringender Rat war, die Hochzeit so lange zu verschieben, bis Verena wieder stabiler war und das alles nicht mehr nur Stress für sie bedeutete.

Peter Stettner stöhnte auf, als er den nächsten Aktenstapel auf seinen Schreibtisch legte und eine Rechnung vom letzten Herbst in die Hand nahm.

»Meine Güte«, murmelte er vor sich hin. »So lange liegt das Zeug jetzt schon hier rum. Warum wollen diese Idioten von Finanzbeamten eigentlich immer alles ganz genau wissen? Was habe ich von wem eingenommen? Welche Spesen sind angefallen? Welche Investitionen habe ich getätigt, und was weiß ich noch alles? Warum muss ich mich mit solch einem sinnfreien Kram beschäftigen? In dieser Zeit könnte man besser ermitteln.« Sie brauchten dringend wieder jemanden für den Bürokram, bevor die Detektei vollends im Aktenberg erstickte. Verena fiel ja leider auf Jahre aus. Ob vielleicht Annika …

Seine Gedanken schweiften von der Buchhaltung weg.

Ach, Annika, dachte er, was machst du gerade? Wenn du jetzt hier wärst, würdest du es schaffen, mich in Sekundenbruchteilen von der blöden Büroarbeit abzulenken. Immerhin, wenn nichts dazwischenkommt, wirst du zum Schuljahresende mit Sven zu mir ziehen. Dass der kleine Bursche davon begeistert ist, hätte ich ja schon nicht gedacht. Aber dass sein bester Freund auch hier in die Gegend zieht, weil sein Vater Arbeit im Industriepark bekommen hat, das ist ein wahrer Glücksfall.

Noch während er das dachte, fiel sein Blick auf den riesigen Aktenstapel am rechten Schreibtischrand, und sein gerade noch versonnenes Lächeln verzog sich zu einer Grimasse.

Stefan, der am Schreibtisch gegenüber saß und selbst mehr an kulinarische Genüsse als an Arbeit dachte, sah grinsend zu ihm hinüber.

»Geht's dir genauso wie mir?«

»Kann man wohl sagen. Was können wir dagegen tun?«

»Erst mal eine Stärkung zu uns nehmen. Und heute Nachmittag eine Stellenanzeige für eine Bürokraft aufgeben.«

»Gleich zwei prima Ideen. Und wo gehen wir zum Essen hin?«

»Zum Griechen. Da waren wir schon lange nicht mehr.«

»Ja, genau seit einer Woche.«

»Na, dann wird's ja Zeit. Ich bin froh, dass die jetzt wieder mittags aufhaben.«

Einige Minuten später waren die beiden bereits in dem Restaurant angekommen und steuerten ihren Lieblingsplatz an.

Sonst herrschte im gesamten Lokal gähnende Leere. Während er die Speisekarte studierte, meinte Stefan: »Wenn das so weitergeht, ist das Experiment Mittagsöffnung leider bald wieder Geschichte. – Nimmst du eine Vorspeise?«

»Klar doch, Büroarbeit macht hungrig.«

»Stimmt. Und wir haben nichts Gescheites zum Frühstücken im Haus. Verena hat im Moment einen Tiefpunkt erreicht, wo ich ihr einen Großteil der Hausarbeit abnehme. Aber ich komme auch zu nichts.«

Nachdem sie bei der Wirtin den Schafskäsesalat bestellt hatten, besprachen sie die schwierige Situation, in der Stefan und Verena zurzeit steckten. Bald darauf hatten sie schon das zweite Glas Apfelwein vor sich stehen. Peter nahm erst einmal einen großen Schluck und sagte grinsend: »Reden macht immer so durstig.«

»Denk daran, wir haben noch eine Menge Arbeit im Büro liegen.«

»Die liegt auch morgen noch.«

»Wie du meinst.«

Die Gaststättentür öffnete sich, und vier Frauen, alle zwischen dreißig und vierzig Jahre alt, betraten die Gaststube und setzten sich an den Nebentisch.

Kurz darauf kam die Wirtin mit den Speisekarten zu ihnen, und eine der Frauen bestellte vier Gläser Demestica und vier Ouzo.

»Na die haben's aber gut vor«, sagte Stefan schmunzelnd, und Peter, dem bereits aufgefallen war, dass eine der Frauen bedrückt zu sein schien, konnte es nicht lassen, mal wieder mehr den anderen zuzuhören als Stefan.

Als Stefan bemerkte, dass er zu seinem Freund und Kollegen kaum noch durchdrang, gab er es auf und hörte nun seinerseits den Frauen zu.

»Sag mal, Anke«, sagte die blonde Frau, die Stefan am nächsten saß, »was ist denn heute mit dir los? Du bist schon die ganze Zeit so still und machst ein Gesicht wie drei Tage Regenwetter.«

»Sturm und Eiseskälte hast du noch vergessen«, gab die Angesprochene postwendend zurück, grinste schief und sagte dann vollkommen ernst: »Aber nach Scherzen ist mir eigentlich gar nicht zumute.«

»Wieso denn nicht? Selbst nach deiner Scheidung von Uwe hast du nicht so belämmert dreingeschaut.«

»Ach, Sonja«, stöhnte Anke auf, »wenn du gesehen hättest, wie fertig meine kleine Pia gestern aus der Schule kam. Sie wird ja nicht nur bestohlen und gemobbt …«

»Wie, was denn noch?«, kam es dreistimmig zurück.

Ohne auf die Frage der Freundinnen einzugehen, sagte Anke bitter: »An allem ist nur Uwe schuld. Mit einer Jüngeren durchbrennen reicht ihm ja nicht. Nee, vorher löst er die Firma auf, schafft das Geld beiseite und behauptet dreist, er hätte nichts mehr. Ich blödes Hausmütterchen hab davon nicht mal was mitbekommen. Wenn er wenigstens für Pia Unterhalt zahlen würde! Aber selbst dafür ist sich der gnädige Herr zu fein. Was meint ihr wohl, warum wir immer noch in dieser Bruchbude leben und Pia auf diese unsägliche Schule gehen muss. Von meinem Teilzeitjob und dem bisschen Hartz IV dazu bringe ich uns gerade so über die Runden. Nicht einmal ein Auto kann ich mir mehr leisten. Dabei haben wir mal zu den wohlhabendsten Familien in Königstein gehört.«

»Was ist denn passiert? Mit uns kannst du reden«, ermunterte Sonja ihre Freundin und die anderen nickten zustimmend.

»Das ist lieb von euch«, sagte Anke und sah misstrauisch in die Runde, merkte aber schnell, dass ihr enormer sozialer Abstieg kein Grund für die drei anderen war, ihre Freundschaft infrage zu stellen.

»Für mich alleine wäre das alles nur halb so schlimm. Aber dass Pia so leiden muss, zerreißt mir das Herz. Gestern kam die Kleine heulend und mit einem blauen Auge aus der Schule. Wie kaputt muss jemand sein, der einer Zehnjährigen so etwas antut. Das kommt alles nur von dieser Scheißschule und unserer angespannten finanziellen Lage.«

»Oh Gott«, rief Iris bestürzt aus und trank ihr Glas in einem Zug leer.

»Sag nur ein Wort, und wir leihen dir so viel Geld, dass du dort wegziehen kannst«, versuchte Nicole ihre Freundin zu trösten.

»Kommt gar nicht infrage. Das muss ich selbst schaffen. Geld anzunehmen geht nicht nur gegen meine Ehre, ich würde damit auch unsere Freundschaft aufs Spiel setzen, falls ich es euch nicht zurückzahlen könnte. Und jetzt Schluss damit. Ich wollte ja eigentlich von Pia erzählen. Als ich sie gefragt habe, woher das blaue Auge sei, hat sie gemeint, sie wäre gestolpert und mit dem Gesicht aufs Treppengeländer geknallt.«

»Im Leben nicht«, sagte Iris entschieden. »Da holt man sich vielleicht eine blutige Nase, aber kein blaues Auge.«

»Du hast recht, aber soll ich Pia zwingen, mir die Wahrheit zu sagen? Sie hat es schwer genug.«

»Aber es muss doch etwas dagegen unternommen werden.«

»Ja, es ist allerhöchste Zeit. Heute Morgen hat Pia nur geweint und sich strikt geweigert, in die Schule zu gehen.«

»Oh, Scheiße. Aber sie ist bestimmt auch traurig wegen ihres Papas, oder?«

»Das glaub ich nicht mal. Obwohl der Depp im Moment nur seine neue Flamme im Kopf hat und sogar die Besuchstermine bei Pia vergisst. Die Kleine ist jedes Mal ganz fertig, wenn sie auf ihren Papa wartet und er kommt nicht. Danach komme selbst ich kaum an sie ran. Aber das Allerschlimmste ist, dass sie in der Schule dramatisch nachlässt. Letzte Woche hat sie ein Diktat mit nach Hause gebracht, das vor Fehlern nur so strotzte. Das wäre früher undenkbar gewesen. Dass sie im Sommer aufs Gymnasium überwechselt, ist im Moment undenkbar. Ich bin schon froh, wenn sie nicht sitzen bleibt.«

»Und jetzt noch das blaue Auge …«

»Wenn es nur das wäre! So nach und nach habe ich ja einiges aus ihr herausbekommen. An dieser Schule müssen Zustände herrschen, es ist kaum zu glauben. Da gibt es Cliquen von Jungen, die tyrannisieren und mobben Jüngere. Das heißt, sie bestehlen und erpressen sie oder quälen sie sogar. Pia ist ein bevorzugtes Opfer, obwohl bei ihr kein Geld zu holen ist. Dafür hat sie schon öfters Prügel einstecken müssen. Das Pausenbrot haben sie ihr auch schon abgenommen – aber nicht, um es selbst zu essen, sondern um darauf herumzutrampeln. Pia hat in ihrer Klasse nur eine Freundin, die zu ihr hält, die Lisa. Aber die bezieht dafür auch Prügel. Der Rest der Klasse hält sich raus. Wahrscheinlich, um nicht selbst in die Schusslinie dieser Möchtegern-Ganoven zu kommen. Gestern haben diese kleinen Teufel Lisa die Geldbörse mit fünfzehn Euro abgenommen, und weil ihnen das zu wenig war, Lisa getreten und Pia geschlagen. – Aber jetzt wird's noch ernster.«

»Geht denn das?«, wunderte sich Iris, und die anderen nickten schockiert.

»Allerdings. Als Pia heute Morgen ihr Nachthemd auszog, war ihr Rücken mit blauen Flecken nur so übersät. Und die können zum Teil nicht von gestern stammen. Ich war mit ihr beim Arzt und habe ihm erzählt, was ich weiß. Er kennt die Probleme an der Schule sehr gut und hat mir geraten, mich an die Polizei zu wenden, aber keine großen Hoffnungen gemacht, dass sich dadurch etwas ändern würde.«

»Das darf doch nicht wahr sein!«, rief eine der Freundinnen so laut, dass die wenigen Gäste im Lokal sich verwundert zu dem Damenkränzchen umdrehten.

Einige Zeit später, die Freundinnen hatten die Mahlzeit inzwischen beendet, nahm Anke den Faden dort wieder auf, wo sie vor dem Essen mit ihrem Bericht stehen geblieben war.

»Ich habe mir schon einen Termin bei Pias Klassenlehrerin geben lassen. Mal sehen, was sie zu diesen Zuständen sagt.«

»Du musst uns unbedingt berichten, was du erreicht hast«, sagte Nicole, und Anke freute sich darüber, dass alle so viel Verständnis zeigten, obwohl sie das Gefühl hatte, nicht mehr wirklich zu ihnen zu gehören. Schließlich hatte sie nach ihrer Scheidung einen Abstieg hingelegt, wie er krasser kaum hätte ausfallen können: im Direktflug von der Königsteiner High Society in die Frankfurter Armut.

»Lasst uns noch ein Glas trinken, und dann machen wir uns auf den Weg zur S-Bahn«, schlug sie vor, »denn fahren kann sowieso keiner mehr von euch.«

»Stimmt«, sagten Iris und Sonja nahezu gleichzeitig. Nur Nicole, die von allen am elegantesten gekleidet war, sagte: »Pah, S-Bahn? Wir nehmen ein Taxi, und dich lassen wir am Bahnhof aussteigen.«

Als die vier Frauen gerade ihren Abschluss-Ouzo tranken, stand Peter schnell auf und wollte sich elegant zwischen den Tischen hindurchschlängeln. Dabei blieb er wie unbeabsichtigt mit dem Ärmel an der Tischkante hängen, sodass der Tisch der Damen einen heftigen Stoß bekam und die Dunkelhaarige, die Nicole hieß, sich heftig verschluckte.

»Entschuldigen Sie bitte, das wollte ich nicht.«

»Nicht so schlimm, es war nur ein Schluck Ouzo.«

»Umso schlimmer.«

»Wieso? Sie haben ihn doch abbekommen«, sagte Nicole grinsend.

Das hab ich doch ganz gut hinbekommen, dachte Peter, und sagte laut: »Dafür spendiere ich Ihnen einen Neuen.«

»Nein, das ist nicht nötig«, sagte Nicole so bestimmt, dass Peter sofort merkte, dass er noch direkter auf sein Ziel lossteuern musste. »Entschuldigen Sie bitte, wenn ich Sie darauf anspreche. Mein Freund und ich haben versucht, Ihrer Unterhaltung nicht zu folgen, leider ist es uns nicht gelungen.«

»Waren wir so laut?«

»Das auch, aber vor allem bei dem Thema wurde ich hellhörig. Schließlich habe ich einen Stiefsohn im Alter Ihrer Tochter. Die zunehmende Gewalt an unseren Schulen ist ein weit verbreitetes Übel, dem man konsequent und energisch zu Leibe rücken muss, wenn es nicht zu einer unbeherrschbaren Plage werden soll. Außerdem sind mein Partner und ich hier Privatdetektive und könnten Ihnen unsere Hilfe anbieten, falls Sie das wünschen.«

Während er das sagte, zog er eine Visitenkarte der Detektei aus der Hosentasche und hielt sie Anke hin.

»Danke, aber ich fürchte, das kann ich mir nicht leisten.«

»Wenn uns ein Fall interessiert«, kam Stefan seinem Freund und Kollegen zu Hilfe, »dann machen wir auch mal Sonderkonditionen, Frau …«

»Neuner.«

In diesem Augenblick ging die Tür des Lokals auf, und der von Nicole bestellte Taxifahrer kam herein.

2.

Mit einem beklemmenden Gefühl in der Magengegend legte Annika den Telefonhörer auf die Gabel des alten, fast schon antik wirkenden Telefons zurück. Jetzt hatte sie bestimmt schon zehnmal versucht, Peter zu erreichen. Da sie noch immer damit beschäftigt war, die Stiftung einzurichten, die ihr verstorbener Mann schon lange geplant hatte, konnten sie sich im Moment nicht so oft sehen, wie sie es gern getan hätten. Aber Annika war Perfektionistin und wollte alles im Sinne ihres Mannes erledigen, der vor eineinhalb Jahren ermordet worden war.

Sie stand am Panoramafenster im Wohnzimmer ihrer Doppelhaushälfte und sah versonnen in den Garten hinaus. In wenigen Wochen würde dieses Haus in der Paul-Wagner-Straße in Darmstadt-Bessungen der Stiftungssitz werden. Im Grunde war sie froh, hier alles zu räumen und in Kelkheim neu anfangen zu können. Das Haus erinnerte sie zu sehr an Alfred und dessen Ermordung, für die sie einige Wochen unschuldig hinter Gittern saß, bis Peter sie gerettet hatte. In diesen Wochen war sie um Jahre gealtert, und Sven, der zwischenzeitlich bei seiner Oma in Düsseldorf untergebracht worden war, war froh, seine Mutter endlich wiederzuhaben.

Die trüben grauen Wolken, die urplötzlich über dem Odenwald aufgezogen waren und den Himmel immer weiter verdunkelt hatten, bis es schließlich wie aus Kübeln zu schütten begann, waren kein bisschen dazu geeignet, Annikas Stimmung zu heben. Stattdessen dachte sie umso intensiver an diese dunkle Zeit zurück. Niemand, vor allem nicht Kommissar Beierlein von der Darmstädter Kripo, hatte ihr geglaubt, dass sie ihren Mann geliebt hatte. Und doch war es trotz der fast fünfunddreißig Jahre Altersunterschied so gewesen. Der Kommissar war überzeugt gewesen, in ihr die Mörderin gefunden zu haben, und erst als sie Peter, den Ex-Mann ihrer Jugendfreundin Michaela, engagiert hatte, war Licht ins Dunkel der Tat gekommen. Dafür war sie ihm und natürlich auch Stefan und Verena unendlich dankbar. In der Folgezeit waren Peter und sie sich behutsam nähergekommen und seit Peters Fünfzigstem ein Paar.

Energisch riss Annika sich von ihren traurigen Erinnerungen los und ging in die Küche. Sie kochte sich einen Kaffee und schaltete das Radio ein, um wenigstens etwas Ansprache zu haben.

Zwei Tage später klingelte am frühen Morgen Peter Stettners privates Telefon. Er war gerade erst aufgestanden, noch halb verschlafen und brummte leidend vor sich hin.

»Was ist denn jetzt schon wieder los? Nicht mal um halb sieben in der Frühe hat man seine Ruhe.«

Übelgelaunt schlurfte er vom Bad ins Wohnzimmer und nahm das Mobilteil zur Hand. Da er sich am Vorabend mit Annika am Telefon gestritten hatte, vermutete er sie am anderen Ende der Leitung, und rief etwas ungehalten in den Apparat: »Bist du denn von allen guten Geistern verlassen?« Nur um dann heftig zu schlucken und zu sagen: »Oh, Verzeihung, Burkhard, dich hab ich nicht gemeint …«

Mit einem Schlag war er hellwach.

»Ist schon gut«, sagte der Anwalt, »ist mir auch schon mal passiert.«

»Was gibt's denn so Wichtiges, dass du mich zu Hause anrufst?«

»Ich habe eine Bitte an dich.«

»Na, dann schieß mal los.«

»Es ist eine sehr heikle Geschichte. Es geht um gewalttätige Übergriffe von Jugendlichen auf Kinder an einer Schule in Frankfurt-Höchst. Könntest du da etwas für mich recherchieren? Ich muss aber gleich dazu sagen, dass es dafür kein großes Honorar gibt, denn die Mutter des Mädchens hat nicht viel. Darf ich die Sache kurz umreißen?«

»Na klar, das mit dem Geld ist kein Problem«, sagte Peter, der sofort an die Frauenrunde beim Griechen dachte.

»Ich habe vor nicht allzu langer Zeit eine Mandantin aus Königstein in einem Scheidungsprozess vertreten und für die Tochter und sie einen ansehnlichen Unterhalt erstritten. Doch leider kann oder besser will ihr Ex-Mann nicht zahlen, obwohl er immer noch sehr reich sein dürfte. Die Frau musste nach Frankfurt-Höchst in eine schäbige kleine Altbauwohnung ziehen und ...«

»Darf ich dich kurz unterbrechen? Kann es sein, dass es sich bei der Frau um Anke Neuner handelt?«

»Donnerwetter, woher weißt du denn das schon wieder?«

»Reiner Zufall. Ich habe kürzlich in einem Lokal ein paar Gesprächsfetzen zwischen Frau Neuner und ihren Freundinnen mitbekommen.«

»Gesprächsfetzen?«, fragte der erfahrene Anwalt schmunzelnd. »Ach was. Ich kenne dich und dein Gehör viel zu gut.«

»Okay, ich bin mit den meisten Details vertraut. Aber um welche Schule es geht, weiß ich noch nicht.«

»Die Paul-Oberhoff-Schule in der Kurmainzer Straße in Höchst, gleich neben der Arbeitsagentur. Es ist eine Grund-, Haupt- und Realschule mit tausend, vielleicht auch fünfzehnhundert Kindern, die auf viel zu engem Raum zusammengepfercht sind.«

»Von dieser Schule habe ich schon gehört – allerdings nichts Gutes.«

»Sag ich ja. Da ich Frau Neuner als grundanständige Frau kennengelernt habe, möchte ich ihr gern helfen. Bist du und dein Partner mit dabei?«

»Was mich angeht, immer, und bei Stefan wird's nicht anders sein. Ich frag ihn gleich, wenn ich um elf ins Büro komme.«

»Brauchst du so lange zum Frühstücken?«

»Das nicht, aber ich muss noch zum Zahnarzt.«

»Herzliches Beileid.«

»So schlimm wird's hoffentlich nicht werden.«

»Okay, dann … ach ja, wie geht es denn deiner Nichte? Hat sie die Belastungen der Entführung gut überstanden?«

»Ja, alle drei.«

»Was? Wie soll ich das verstehen?«

»Verena war damals, was noch keiner wusste, schwanger. In Kürze wird sie Mutter von Zwillingen.«

»Donnerwetter, das ist mir neu. Wann ist es denn so weit?«

»Wenn ich richtig gerechnet habe, ist sie jetzt im achten Monat. – So, jetzt muss ich mich aber beeilen, mein Zahnarzt wartet nicht gern.«

Es war kurz vor zehn, und Stefan wollte gerade die Tür zur Detektei abschließen, um für eine Ermittlung nach Oberursel zu fahren, als Peter fröhlich vor sich hin pfeifend erschien.

»Nanu, hast du den Zahnarzt ausfallen lassen?«

»Viel besser, der Weisheitszahn muss nicht raus.«

»Das ist prima, dann können wir ja gleich loslegen. Ich werd dann …«

»Wart mal, ich muss etwas mit dir besprechen. Hast du noch ein bisschen Zeit?«

»Ja klar doch«, sagte Stefan, schloss die Tür wieder auf, und die beiden nahmen an ihren Schreibtischen Platz.

»Burkhard hat mich heute Morgen angerufen«, begann Peter und berichtete Stefan, was er von Dr. Pfannmöller erfahren hatte. »Also, bist du dabei?«

»Auf jeden Fall. Die Vorstellung, dass meine Kinder in einigen Jahren auf solch eine Schule gehen müssten, macht mich wahnsinnig. Außerdem können wir den Korruptionsfall in Oberursel vermutlich heute abschließen, und das bringt ordentlich was ein. Wir hätten also Zeit und Rücklagen genug, um uns einige Tage vorrangig um diesen Fall zu kümmern.«

»Super, Stefan«, freute sich Peter und erkannte einmal mehr, warum sie so ein gutes Team waren: Sie funkten fast immer auf einer Wellenlänge.

»Was willst du unternehmen?«

»Ich fahr gleich mal in diese Schule und rede mit dem Rektor sowie den Vertrauenslehrern der verschiedenen Schulzweige. Burkhard hat mich dort schon angekündigt. Vielleicht kann ich ja auch mit dem ein oder anderen Lehrer von der Pausenaufsicht sprechen und mich auch sonst etwas umsehen. Morgen fahren wir dann noch mal zusammen hin.«

»Okay, komm heute Abend einfach zu uns, und wir sprechen noch einmal durch, was du erfahren hast.«

»Mach ich. Ich bringe außerdem Pizza und Salat mit.«

»Bitte nicht für mich, ich brauche was Handfestes und kein Hasenfutter.«

»Lass das nur deine zukünftige Frau nicht hören, die erzählt dir was.«

»Nicht nur die«, sagte Stefan und sah auf seine Armbanduhr, »ich muss jetzt los, sonst findet die Geldübergabe ohne mich statt. Bis später und viel Glück.«

Eine halbe Stunde später, die Schuluhr zeigte gerade auf elf, war Peter Stettner mit seiner Minikamera bewaffnet im Schulgebäude unterwegs. Zuerst wollte man ihn gar nicht bis zum Rektor vorlassen, aber als er sagte, er komme im Auftrag von Frau Neuners Anwalt, war alles plötzlich nur noch ein Missverständnis.

Wenige Minuten später saß er Dr. Ernst Wiese sowie den Vertrauenslehrern Frau Weißgerber, Herrn Bremer und Herrn Klemm gegenüber. Aber auch vor ihm baute sich die gleiche Mauer des Schweigens auf, vor der sich bereits Frau Neuner wiedergefunden hatte. Allerdings war diese für ihn nicht ganz so unerklärlich wie für die Mutter der kleinen Pia. Seine Beobachtungsgabe und seine Berufserfahrung verrieten ihm, dass sich hinter der demonstrativ zur Schau getragenen Freundlichkeit eine gefährliche Mischung aus Angst, Resignation und Gleichgültigkeit verbarg. Der ideale Nährboden, damit Gewalt und Erpressung unter Schülern prächtige Blüten treiben konnten.

Als Peter gut eineinhalb Stunden später den Raum verließ, wusste er dennoch kaum mehr als vorher. Der Rektor und die Lehrer hatten zwar unablässig auf ihn eingeredet, aber kaum etwas Konkretes gesagt. Wachsam und scheinbar völlig ziellos schlenderte Peter über den Schulhof und kam so auch zum Toilettengebäude dieser alten, etwas heruntergekommenen, noch aus der Zeit zwischen den Kriegen stammenden Schule. Zielstrebig betrat er die Örtlichkeit, die nicht unbedingt dazu anregte, sich länger als unbedingt nötig hier aufzuhalten. Dennoch oder vielleicht gerade deshalb vermutete er hier den idealen Umschlagplatz für Gerüchte und Informationen jeder Art. Da in wenigen Minuten die sechste Stunde zu Ende gehen würde, entschloss er sich kurzerhand, eine der Kabinen aufzusuchen, und setzte sich auf den geschlossenen Klodeckel. Dabei ließ er das Gespräch von eben noch einmal Revue passieren.

Da war zum einen der Rektor, Herr Wiese, der ein Jahr vor der Pension stand und nicht die geringste Lust verspürte, sich in der kurzen Zeit bis zu seinem Ruhestand noch in eine derart unangenehme Untersuchung verwickeln zu lassen. Dafür hatte er sogar die Dreistigkeit besessen, Frau Neuner als hysterische Ziege zu bezeichnen. Sein Stellvertreter, Alfred Bremer, der auch schon deutlich über fünfzig war, musste früher ein ambitionierter Lehrer gewesen sein. Die bittere Resignation in seinen Worten war unverkennbar, als er sagte: »Ja, es muss da irgendwelche Vorfälle geben, aber es ist verdammt noch mal niemand bereit, mit uns zu reden.« Auch die hektischen, fast schon panisch ausgesprochenen Worte der Vertrauenslehrerin Eleonore Weißgerber klangen Peter noch in den Ohren: »Das sind alles nur Gerüchte, um unsere Schule in Misskredit zu bringen.« Lediglich Walter Klemm war während des Gesprächs ziemlich einsilbig geblieben. Mehr als »Mmh« und »Tja« war ihm kaum zu entlocken gewesen.

Was im Kopf des Mittvierzigers vorging, blieb selbst Peter verborgen.

Der Schulgong riss Peter aus seinen Gedanken, und da

es in der Toilette bislang ruhig geblieben war, begann er zu zweifeln, ob es wirklich eine gute Idee war, sich ausgerechnet hier auf die Lauer zu legen. Ein wenig wollte er aber noch warten und erst, wenn sich nach Schulschluss immer noch nichts tat, seinen Posten verlassen.

Aber er brauchte sich nicht mehr lange zu gedulden. Nur wenige Augenblicke später betraten einige Kinder den Vorraum, und Peter konnte durch den breiten Schlitz der kaputten Klotür erkennen, dass sie nicht gekommen waren, um ein Bedürfnis zu verrichten. Sie waren kaum älter als zehn, sichtlich nervös und trappelten von einem Bein auf das andere. Nur einer von ihnen stand betont lässig ans Waschbecken gelehnt da und schien etwas zu erwarten.

Nur drei Minuten später trafen drei Jungen ein, die nicht viel älter als vierzehn sein konnten. Einer von ihnen, offensichtlich der Anführer, war etwas älter sowie deutlich größer und kräftiger.

Hinter ihnen wollten noch zwei etwa zwölfjährige Jungen die Toilette betreten, aber der Große sagte nur: »Heute geschlossen.«

Die Autorität, die von seiner Stimme ausging, reichte bereits aus, damit die Kinder sich widerspruchslos entfernten.

Dann knallte der große Junge die Eingangstür zu, trat zu den fünf kleinen hin und fragte scharf: »Wie sieht's aus, habt ihr das Geld?«

»Ja«, antworteten zwei ängstlich.

Peter fotografierte die Szene, und kurz darauf sprach der lässige unter den fünf kleineren Jungen ein paar aufschlussreiche Worte.

»Unsere Neuen haben sich bei Lara Webers Taschengeld noch ein bisschen dämlich angestellt. Und als sie es bei Linus vergeigt haben, musste ich bei Alex selbst nachhelfen.

Hier sind die siebenunddreißig Euro vierzig, die wir gestern und heute abgegriffen haben. Meinen Anteil habe ich wie immer abgezweigt.«

»Klar, aber 's is'n bisschen wenig, nicht?«, meinte der Hüne und stellte sich unwissentlich so, dass Peter ihn besonders gut ablichten konnte.

»Ich weiß, aber die 4a gibt im Moment nicht mehr viel her. Ab morgen ist die 4b dran. Außerdem sind die Neuen noch nicht so fit, wir haben grad mal fünf geschafft.«

»Das muss besser werden. Ich hoffe, nächste Woche läuft's rund. Allerdings gibt es diesmal nur ein Bonbon für jeden«, sagte der große Junge und drückte den vier nervösen Kindern jeweils eine Pille in die Hand. Der Anführer der Kleinen wollte keine.

Einer der kleinen Jungs ließ seine Tablette auf den Boden fallen, und sie kullerte unter eine Toilettenkabine. »Oh nein«, jammerte er, »ich brauch die doch, um mich zu konzentrieren. Mein Vater schlägt mich tot, wenn ich die nächste Deutscharbeit auch noch vergeige.«

Nun trat einer der Größeren drohend hervor, packte den Kleinen am Arm und sagte scharf: »Dann hol sie, mehr ist nicht drin. Ihr habt schon zum dritten Mal zu wenig abgeliefert. Wenn ihr mehr Schlaumacher haben wollt, könnt ihr gern Geld von zu Hause mitbringen.«

Der Hüne grinste, klatschte Beifall und meinte: »Gut gemacht, Jannik! Du wirst noch ein guter Sklave. Dafür hast du eine Belohnung verdient.«

Dann warf er seinem Begleiter, der offensichtlich auch ganz wild darauf war, eine Tablette zu.

Peter, der angespannt lauschte, um noch mehr über die Zusammenhänge zu erfahren, verlagerte sein Gewicht zu ungestüm und drückte gegen die bereits stark angeschlagene Toilettentür, die darauf ein lautes Knacken von sich gab.

»Wer ist da drin«, rief der Anführer der Bande, »rauskommen, aber dalli.«

Peter legte sich einen Plan zurecht, der ihn möglichst harmlos wirken ließ, und öffnete langsam und ängstlich die Tür.

»He, alter Knacker, was machst du denn hier?«, fuhr der Junge ihn verwundert an.

»Ich … ich war auf der Toilette«, sagte Peter mit perfekt gespielter Unbedarftheit.

»Warum, was willst du hier? Bist du vielleicht ein Bulle?«

»Ganz … ganz bestimmt nicht«, antwortete Peter, und man nahm ihm ohne Weiteres ab, dass er vor Angst schlotterte.

»Los, mach's Maul auf, aber plötzlich!«

»Ich wollte mei... meinen Sohn für die Schule anmelden. Wir sind kürzlich hier hergezogen …«

»Hast du was gesehen, Fettsack?«

»Nein.«

»Wirklich nicht?«, schob der etwa Vierzehnjährige nach, der gut und gern einen Meter fünfundsiebzig groß war, und kam drohend näher.

Peter, der jetzt wirklich nur noch ein Häufchen Elend zu sein schien, wich zurück, bis er die Toilettentür im Rücken spürte, und sagte demütig: »Ich habe ein sehr schlechtes Gedächtnis.«

»Ach, Alzheimer.«

»Genau.«

»Und damit du wenigstens nicht vergisst, dass du nichts gesehen hast, gebe ich dir eine kleine Gedächtnisstütze«, sagte der Junge und rammte Peter seine Faust in die Magengrube.

Der Schlag war fester, als Peter erwartet hatte, und nahm ihm für einen Moment den Atem. Unter anderen Umständen hätte er diesem Rotzlöffel gerne gezeigt, was eine Harke ist, und ihn zum Rektor geschleppt, wo er dann auf die Polizei hätte warten können. Aber das sah seine Rolle nicht vor. Er musste harmlos wirken.

»Ja, ja, ich habe nichts gesehen«, murmelte Peter deshalb halblaut vor sich hin, verbeugte sich vor den Jugendlichen und gab Fersengeld.

Nachdem er um die nächste Ecke gebogen war, blieb er stehen, atmete einmal tief durch und spähte vorsichtig zurück. Er sah, wie die kleineren Jungen fortgingen und die Halbwüchsigen sich vor Lachen bogen. Allem Anschein nach war sein kleines Schauspiel gut bei ihnen angekommen.

In diesem Moment tippte ihm jemand von hinten auf die Schulter und fragte forsch: »Was machen Sie denn da?«

Es war Frau Weißgerber, die Vertrauenslehrerin, die vorhin im Gespräch noch völlig verängstigt geklungen hatte.

Als sie Peter wiedererkannte, meinte sie mit leicht spöttischem Unterton: »Ach, Sie sind es, Herr Stettner. Haben Sie schon etwas herausgefunden?«

»Ganz so schnell geht das nicht, Frau Weißgerber. Aber Sie könnten mir weiterhelfen.«

»Ich? Wie denn?«

»Keine Angst, es ist nichts Schlimmes. Sehen Sie bitte vorsichtig um die Ecke und sagen Sie mir, wie der größte Junge heißt.«

»Nein.«

»Wieso denn das nicht?«

»Ich gebe mich nicht für diesen Blödsinn her.«

»Haben Sie Angst?«

»Bestimmt nicht.«

»Dann können Sie mir auch den Namen sagen. Tun Sie es Frau Neuner zuliebe.«

»Also gut«, sagte sie und sah, wie Peter zuvor, um die Ecke.

Es war keinen Moment zu früh, denn die kleine Gruppe begann sich gerade aufzulösen. Plötzlich zog sie ihren Kopf zurück, als hätte sie einen Schlag einstecken müssen.

»Was ist los?«

»Welchen meinen Sie?«

»Vorrangig den Großen.«

»Dass, dass äh, ist Lukas Aderholt.«

»Wo wohnt er?«

»Wie bitte?«

Zuerst glaubte Peter, die Lehrerin hätte ihn nicht verstanden, aber dann begann sie zögerlich zu sprechen: »Er wohnt bei seinem Vater, einem heruntergekommenen Säufer, in der Kasinostraße. Mit ihm gab es schön öfter Ärger. Aber das weiß Hauptkommissar Hundt, der Leiter des Dezernats *Gewalt an Schulen* bestimmt auch.«

»Kommissar Josef Hundt?«

»Kennen Sie ihn?«

»Ja, von früher. Damals war er noch zweiter Mann im Raubdezernat. Danke, Frau Weißgerber, Sie haben mir ein ganzes Stück weitergeholfen.«

Während Peter zu seinen Wagen ging und in Richtung des Städtischen Krankenhauses davonfuhr, rief er Burkhard Pfannmöller an. Er erreichte nur den Anrufbeantworter. Peter wollte von dem Anwalt wissen, was aus den Kommissaren Hundt und Jäger geworden war, und bat um einen Rückruf am Abend.

3.

Wenige Minuten nach fünf klingelte Peter bei Stefan und Verena. Er brannte darauf, seinem Freund und Kompagnon von seinen Beobachtungen zu berichten.

Während er die mitgebrachten Pizzen verteilte und Verena mit einer Riesenportion Salat bedachte, sagte er beiläufig: »Stellt euch vor, ich habe heute Mittag zufällig ein Gespräch unter Jugendlichen belauscht, die andere bestehlen und erpressen.«

»Wie bitte?«, rief Stefan laut aus und verschluckte sich fast an seiner Pizza. Obwohl auch Verena darauf brannte zu erfahren, was Peter erfahren hatte, sagte sie: »Wir sollten erst einmal in Ruhe essen, so viel Zeit muss sein. Findet ihr nicht?«

Zehn Minuten später, Stefan platzte inzwischen fast vor Neugierde, drängte er: »Nun schieß schon los, was hast du gehört?«

»Das Gespräch mit den Lehrern und dem Rektor war im Grunde überflüssig«, begann Peter und erzählte den beiden haarklein von seinen Nachforschungen. Als er zu der Tablettenverteilung an der Jungentoilette kam, unterbrach ihn Stefan: »Du meinst also wirklich, dass schon die Kleinsten ganz bewusst mit einer Einstiegsdroge süchtig und damit gefügig für härtere Sachen gemacht werden?«

»Ja, es sieht ganz danach aus.«

»Das hieße dann aber auch, dass es sich nicht einfach nur um Gewalt unter Schülern, sondern im weitesten Sinne um Beschaffungskriminalität handeln würde.«

»Genau so sehe ich das. Ich bin der Meinung, hier nutzt jemand von außerhalb die gewaltbereite Atmosphäre an dieser Schule für seine Zwecke.«

»Das heißt?«

»Die Aggressionen unter den Kindern und das Erpressen von Leistungen, Geld oder Sachen, das gab es alles vermutlich schon länger, aber inzwischen machen sich das ganz andere Kreise zunutze. Ich stelle mir das so vor: Ältere, außenstehende Kräfte heuern besonders gewaltbereite, vermutlich unterprivilegierte Jugendliche an und machen sie zu Dealern. Dass sie dabei mit einem Almosen abgespeist werden, fällt denen, die von Hause aus nur wenig haben, vermutlich nicht einmal auf, zumal sie bestimmt auch mit Aufstiegschancen innerhalb der Organisation geködert werden. Diese Kleinstdealer, nennen wir sie mal so, suchen sich nun ihrerseits charakterschwache, aber gewaltbereite Kinder und machen sie ganz gezielt süchtig, indem sie ihnen eine Wunderpille oder etwas Ähnliches versprechen, was ihnen durch den Schulstress hilft. Diese Kinder begehen für die Größeren Diebstähle oder nötigen noch Schwächere, ihnen ihr Geld zu überlassen. Da sie dabei vermutlich schlechter fahren als vorher, als sie noch nicht süchtig waren und das Ganze noch auf eigene Rechnung gemacht haben, werden die Methoden rauer. Und das bekommt nun die kleine Pia zu spüren.«

»An dieser und vielleicht noch weiteren Grundschulen wird also bereits die nächste Junkiegeneration herangezüchtet«, sagte Stefan resigniert.

»Das ist wohl so, leider. Schade, dass ich nicht an eine

solche Pille herangekommen bin, Ich hätte sie zu gern analysieren lassen.«

Verena, die sich bislang völlig herausgehalten hatte, meinte: »Wenn deine Theorie stimmt, dann heißt das doch, dass da nicht nur Kleinkriminelle dahinterstehen, oder?«

»Absolut richtig. Wenn nicht gerade ein Dealer auf der mittleren Ebene das Ding an seinen Bossen vorbei durchzieht, dann ist hier eine straff geführte Organisation am Werk. Das heißt, das Ganze reicht bis in höhere oder sogar höchste Kreise der organisierten Kriminalität hinein. Leider dürften wir dann nur wenige Chancen haben, das Übel mit Stumpf und Stiel zu packen. Die wirklich hohen Tiere in solchen Kreisen haben fast immer auch Beamte aus dem Staatsapparat auf ihre Seite gezogen, die sie schützen, wenn es einmal brenzlig wird.«

»Du malst ja ein düsteres Bild unserer Gesellschaft«, stammelte Verena erschrocken.

»Ich male nicht, es ist so.«

»Und wofür legt ihr euch so ins Zeug, wenn das alles sowieso nichts bringt?«

»Weil resignieren und das Feld den Gangstern zu überlassen die schlechtere Alternative wäre. Ich bin zu gern der Stachel im Fleisch dieser kriminellen Bande. Wenn wir es schaffen, wenigstens die unteren Strukturen zu zerschlagen, wenn wir damit dieser und vielleicht sogar noch einigen anderen Schulen ein Jahr Luft verschaffen könnten, ist wenigstens die Chance gegeben, dass der Drogensumpf gar nicht erst Fuß fassen kann. Und sicher gibt es da auch Schulen mit engagierteren Lehrern als in unserem Fall.«

»Hoffentlich hast du unrecht«, sagte Verena, »und alles ist viel harmloser, als es den Anschein hat. Der Gedanke, dass es auch unseren Kindern eines Tages so ergehen könnte wie Pia, macht mir gewaltig Angst.«

»Ja, manchmal fühle ich mich auch wie Don Quijote im Kampf gegen die Windmühlen«, sagte Peter säuerlich grinsend.

»Zum Glück haben wir es nicht mit Windmühlen, sondern mit Gangstern zu tun«, tröstete ihn Stefan, »und außerdem hatte selbst Don Quijote seinen Knappen Sancho Pansa. Du hast mich.«

Noch bevor Peter darauf antworten konnte, läutete es an der Wohnungstür. Stefan öffnete und staunte nicht schlecht, als Dr. Pfannmöller vor ihm stand.

»Guten Abend, Stefan. Ich war gerade in der Gegend und wusste, dass ihr heute Abend hier zusammensitzt. Da dachte ich, ich komme schnell vorbei und erzähle, was meine Nachforschungen zu den Kommissaren Jäger und Hundt ergeben haben.«

»Jäger und Hundt?«, fragte Stefan verständnislos. »Hängen die da etwa auch mit drin?«

Dr. Pfannmöller war klar, dass Stefan bereits über den Fall im Bilde war, deshalb sagte er grinsend: »Zumindest ist Hundt der Leiter der Sonderkommission *Gewalt an Schulen*.«

Während sie ins Wohnzimmer gingen, hakte Stefan nach: »Handelt es sich dabei wirklich um Jakob Hundt, der früher unter Jäger zweiter Mann im Raubdezernat war?«

»Hundertprozentig.«

Pfannmöller ließ sich in einen Sessel fallen, und Peter fragte: »Trinkst du ein Glas Lambrusco mit?«

»Sonst gerne, aber heute habe ich keine Zeit. Ich bin nämlich heute früher in der Kanzlei fertig geworden und will meine Freundin überraschen, die nicht mit mir rechnet.«

Obwohl Burkhard es nie erwähnt hatte, ahnten Stefan und Peter, dass es sich bei der Freundin um Claudia Werker handelte, deren Mann vor gut zwei Jahren von einem Gangster und Neonazi gezwungen worden war, sich selbst zu erschießen.

Da Burkhard Pfannmöller ein Jugendfreund von Hermann Werker gewesen war, hatte er in der Folgezeit die Familie unterstützt und durch deren Ermittlungen auch Bekanntschaft mit Peter und Stefan gemacht.

Während die beiden Detektive sich einen vielsagenden Blick zuwarfen, erzählte der Anwalt weiter: »Kommissar Jäger wurde übrigens inzwischen von der Gerechtigkeit eingeholt.«

»Wie das? Wurde er wegen Unfähigkeit suspendiert?«

»Das nicht gerade, auch wenn das der Welt sicher manches Übel erspart hätte. Aber immerhin ist der Mann seinen Posten als Leiter des Raubdezernats endgültig los.«

»Wie kam denn das?«, fragte Stefan.

»Sein Vorgesetzter und Freund, der ihm immer wieder den Rücken frei gehalten hatte, ist in Pension gegangen.«

»Das war aber nicht der einzige Grund, oder?«

»Nein, er hat sich kurz danach einen derart heftigen Ausrutscher erlaubt, dass sein neuer Chef sich gezwungen sah, postwendend durchzugreifen. Jäger hat im Laufe eines Verhörs einen Tatverdächtigen geohrfeigt, um das Geständnis aus ihm herauszuprügeln. Das hätte schon gereicht, selbst wenn es der gesuchte Tankstellenräuber gewesen wäre. Aber es war ein völlig unschuldiger Familienvater. Er hat sich mit einer Dienstaufsichtsbeschwerde an Jägers Vorgesetzten gewandt, und das führte zu einem Disziplinarverfahren gegen Jäger und Hundt.«

»Donnerwetter!«, rief Peter. »Wie ging denn das aus?«

»Hundt, der ein ziemlich schlauer Hund ist«, berichtete Pfannmöller grinsend, »erkannte die Gunst der Stunde und distanzierte sich von seinem, wie er es ausdrückte, ziemlich autoritär eingestellten Chef. Er hoffte, dass er in der Folge die Leitung des Dezernats übertragen bekäme. Da man aber vermutete, dass er an den Zuständen im Dezernat nicht ganz schuldlos sei, es allerdings nicht beweisen konnte, beförderte man ihn zwar zum Hauptkommissar, schob ihn aber auf den Posten des Leiters im eher bedeutungslosen Dezernat *Gewalt an Schulen* ab. Es hat nur eine Handvoll Mitarbeiter, deren Chef Hundt jetzt ist. Jäger hingegen traf es richtig hart. Der dritte Mann im Raubdezernat wurde zum Leiter befördert und Jäger, den man im Dienstgrad übrigens zum einfachen Kommissar zurückstufte, hatte nun den leitenden Hauptkommissar sowie zwei Oberkommissare über sich. Von diesem Tag an musste er ganz normale Ermittlungsarbeiten auf Anweisung machen.«

»Das geschieht dem Arsch recht!«, rief Stefan schadenfroh aus. »Ich habe nicht vergessen, wie er mich damals fertiggemacht hat.«[1]

»Das Beste kommt erst noch«, sagte der Anwalt grinsend, »Jäger hatte daraufhin einen Antrag auf vorzeitige Versetzung in den Ruhestand gestellt, der ihm aber verwehrt wurde. Danach reichte er einen Versetzungsantrag ein mit der Begründung, seine früheren Untergebenen würden ihn mobben. Ob das stimmt, weiß ich nicht, aber ich könnte es mir vorstellen und den Leuten nicht einmal verdenken, denn er ist nie freundlich mit ihnen umge-

---

[1] Vgl. Die Taunus-Ermittler Band 1 – Steinige Wege

gangen. Ich selbst habe es mehrmals mitbekommen, wie er seine Mitarbeiter völlig ohne Grund angebrüllt und zur Schnecke gemacht hat.«

Stefan war dagegen machtlos, er grinste über das ganze Gesicht, während Burkhard weitererzählte: »Man gab seinem Versetzungsgesuch statt, und nun ist er zweiter Mann in Hundts Dezernat. Sein ehemaliger Untergebener ist nun sein Chef. Das ist für ihn bestimmt keine Verbesserung. Er kann einem fast schon leidtun.«

»Mir nicht«, sagte Stefan hart.

»Burkhard, willst du wissen, was wir bislang herausbekommen haben?«, schaltete sich nun Peter ein, der sich anders als Stefan keine Regung anmerken ließ.

»Klar doch, los, erzähl schon.«

»Ich war heute Vormittag an der Schule und habe ein Gespräch mit dem Rektor und einigen Lehrern geführt. Leider war es äußerst unergiebig.«

»Das habe ich gefürchtet.«

»Aber es geht ja noch weiter, denn ich habe mich anschließend auf die Lauer gelegt«, sagte Peter und erzählte, was er auf der Schultoilette beobachtet hatte bis hin zu der Übergabe der Tabletten.

»Ja, schade, dass du keine solche Pille sicherstellen konntest«, sagte Dr. Pfannmöller. »Aber wie auch immer, selbst wenn es sich nicht um synthetische Drogen handeln sollte, sondern *nur* um illegal verschaffte Arzneimittel, ich glaube kaum, dass die treibenden Kräfte im Hintergrund ältere Schüler oder Kleinkriminelle sind.«

»Was nicht ist, kann ja noch werden«, sagte Peter. »Morgen früh werden wir uns erst noch mal mit unserem Scheidungsfall beschäftigen und so gut es geht abschließen. Sobald die Schule aus ist, hängen wir uns dann an die Fersen von Lukas Aderholt. Von irgendjemandem muss er seinen Nachschub schließlich bekommen.«

»Woher wisst ihr denn, ob er bis zur sechsten Stunde hat?«, fragte Verena.

»Auch wieder wahr. Also, Peter, wann fahren wir zur Schule?«

»So schnell es geht.«

»Dann sprecht euch mal ab«, sagte Burkhard, »ich jedenfalls muss weiter. Claudia wird …«

Er räusperte sich, brach den Satz ab und stand auf. Peter und Stefan schmunzelten kurz, versuchten sich aber nichts anmerken zu lassen, während sie den Anwalt verabschiedeten.

Als Verena Burkhard Pfannmöller hinausbegleitete, sagte er: »Eure neue Wohnung ist ja wirklich ideal für Kinder. Wann ist es denn so weit?«

»In acht Wochen, wenn alles glatt läuft«, sagte Verena und schloss die Tür hinter dem Anwalt.

Als sie ins Wohnzimmer zurückkam, meinte Peter: »Wir sollten auch Feierabend machen. Morgen in aller Herrgottsfrühe eine Beschattung und am Nachmittag gleich noch eine, das wird ein anstrengender Tag.«

»Ihr werdet es überstehen«, meinte Verena ein wenig schnippisch, »dann kommt ihr wenigstens nicht aus der Übung.«

»Du wirst auch immer frecher«, sagte Peter grinsend, und Stefan fügte hinzu: »Von wem sie das wohl hat?«

Am nächsten Morgen um kurz nach sieben lag über Frankfurt noch stockfinstere Nacht. Doch Heinrich Jäger saß schon an seinem Schreibtisch und knabberte missmutig an seinem Schinkenbrötchen. Dazu trank er schon die vierte

Tasse Kaffee, um wach zu bleiben. Er musste eigentlich einen längst überfälligen Bericht über eine Ermittlung aus der Vorwoche verfassen, kam aber nicht so recht voran, da er ständig vor sich hin grollte. Er haderte gerade wieder einmal besonders heftig mit sich und seinem Schicksal, als das schrille Läuten des Telefons die morgendliche Stille unterbrach.

»Verdammt noch mal!«, schrie er gereizt und griff nach dem Hörer.

Nicht einmal jetzt kann man in Ruhe arbeiten, dachte er wütend. Ich bin nun schon seit fast zwei Stunden im Büro und komme kaum voran. Aber wenigstens ist jetzt keiner da, da kann ich die Schmach, unter Hundt arbeiten zu müssen, wenigstens ertragen. Wer weiß, wie lange ich das noch aushalte.

Müde und resigniert angelte er den Hörer vom Telefon, das bis dahin bestimmt acht Mal geläutet hatte.

In diesem Augenblick kam sein Kollege, Kriminalmeister Philipp Buch, der gerade seinen Dienst antrat, zur Tür herein und schüttelte verwundert den Kopf. Ihm war es unbegreiflich, wie jemand freiwillig zu nachtschlafender Zeit im Präsidium sitzen und Berichte tippen konnte. Er blieb vor Jägers Schreibtisch stehen und wartete geduldig darauf, dass sein Kollege zu ihm hinsähe.

Der brummte aber erst einmal ein knappes »Ja?« ins Telefon und hoffte inständig, dass sich jemand verwählt hatte. Dann sah er zu Buch auf und herrschte ihn an: »Immer mit der Ruhe! Sie sehen doch, dass ich telefoniere.«

Während der eingeschüchterte Beamte murmelte: »Ich komme später wieder«, drehte sich Jäger demonstrativ von ihm weg und fragte Hauptkommissar Hundt, der am anderen Ende der Leitung war: »Was gibt's denn?«

»In Ihrem Bericht vom Donnerstag gibt es so einige Ungereimtheiten, über die ich mit Ihnen sprechen muss. Kommen Sie sofort in mein Büro, denn das Ganze duldet keinen Aufschub.«

»Ich hab auch sonst noch was zu tun«, brauste Jäger auf. »Hier liegt noch ein weiterer Bericht, der fertig werden muss.«

»Der kann warten. Ich muss schließlich nach Ihrem Bericht die Einsätze der Kollegen für die nächsten Tage koordinieren. Aber nach diesem Machwerk ist das schlicht unmöglich.«

»Idiot«, murmelte Jäger vor sich hin, während er den Hörer auf den Apparat knallte. »Was will dieser Milchbubi denn? Keine Ahnung, wie er ein Dezernat leiten muss, aber mir Vorschriften machen wollen.«

In seinem Groll übersah er geflissentlich, dass er jahrelang die Chance gehabt hatte, es besser zu machen, und dass sein Dezernat dank seiner Unfähigkeit, und trotz fähiger Mitarbeiter, bisweilen im Chaos versunken war.

Als das Telefon zwei Minuten später erneut läutete, griff er zornig nach dem Hörer und schrie »Ja« hinein.

»Na, was ist, Jäger, es eilt.«

»Mein Bericht auch. Wenn der fertig ist, komme ich.«

Noch bevor Hundt etwas sagen konnte, knallte Jäger den Hörer abermals auf und murmelte: »Das macht ihr Idioten nur, um mich zu ärgern.«

Er hatte nicht bemerkt, dass Kriminalmeister Philipp Buch erneut das Zimmer betreten hatte und neben seinem Schreibtisch stand.

»Wie meinen Sie das?«

»Das geht Sie einen feuchten Kehricht an! Ich habe jetzt keine Zeit für Ihre Kindereien. Kommen Sie in einer Stunde noch einmal.«

»Sie wissen auch nicht, was Sie wollen«, gab Buch ungerührt zurück, »wollen Sie jetzt wissen, was die Vernehmungen an der Bornheimer Schule ergeben haben, oder nicht? Ich kann gern wieder gehen. Aber beschweren Sie sich nachher nicht, dass Sie niemand informiert hat.«

»Was soll denn das? Ich bin Ihr Vorgesetzter! Benehmen Sie sich gefälligst – und jetzt raus, aber dalli!«

»Bitte, wenn Sie meinen. Aber ich hätte größte Lust, mich bei der Anti-Mobbing-Beauftragten über Sie zu beschweren«, sagte Philipp Buch, drehte sich um und verließ das Zimmer.

Er solle tun, was er nicht lassen könne, wollte Jäger ihm eigentlich hinterherrufen, brachte aber vor Zorn nur ein heiseres Krächzen hervor.

Danach blieb Heinrich Jäger erst einmal erschöpft auf seinem Stuhl sitzen, und es dauerte einige Minuten, bis er sich dazu in der Lage fühlte, den Gang hinunter zu Jakob Hundts Büro zu gehen. Hätte er nur im Entferntesten geahnt, was ihm dort bevorstand, dann wäre er vermutlich direkt zum Arzt gegangen und hätte sich krankschreiben lassen.

Am Donnerstag gingen Stefan und Peter gemeinsam, wie sie es nannten, auf die Pirsch. Sie fuhren in die Kurmainzer Straße und warteten vor dem Schulgebäude. Als nach Ertönen des Schulgongs ein Pulk Schüler aus dem Eingang strömte, erkannte Peter schnell Lukas Aderholt unter ihnen.

Stefan, der besser zu Fuß war, folgte dem Jungen auf seinem Heimweg, und Peter fuhr, als feststand, dass er auf direktem Weg nach Hause gehen würde, ebenfalls dorthin. Er hatte das Auto bereits am Straßenrand vor dem alten, heruntergekommenen Mietshaus eingeparkt, als Lukas mit Stefan im Schlepptau ankam. Lukas fühlte sich völlig sicher, und es war wohl nur seiner jugendlichen Unbekümmertheit zuzuschreiben, dass er seinen Schatten nicht bemerkt hatte.

Nachdem der Junge im Haus verschwunden war, kam Stefan zu Peter herüber und setzte sich auf den Beifahrersitz.

»Puh, war das anstrengend«, stöhnte er, »der Typ hatte ein mörderisches Tempo drauf.«

»Dafür können wir jetzt vermutlich stundenlang warten, bis sich was tut.«

Peter hatte recht. Lukas schien weder ausgehen zu wollen, noch bekam er Besuch. Lediglich gegen sechzehn Uhr schreckten die beiden hoch, als die Haustür aufging und ein Mann heraustrat. Er sah etwas abgerissen aus, doch die Ähnlichkeit ließ keinen Zweifel, dass es Lukas Aderholts Vater war.

»Sollen wir ihm folgen?«, fragte Stefan.

»Ich glaube nicht, dass es nötig ist. Aber wir sollten unbedingt nachsehen, ob Lukas nicht vielleicht hinten raus ist.«

»Gute Idee«, sagte Stefan, und Peter konnte seinem Kompagnon gar nicht so schnell folgen, wie dieser zur Haustür hinübergesprintet war.

Er kam gerade dort an, als sich eine krächzende Stimme aus der altersschwachen Sprechanlage meldete: »Ja, bitte?«

»Wohnt hier Herr Westenberger?«, fragte Stefan.

»Nein, Aderholt. Westenberger kenne ich keinen.«

»Mir wurde gesagt Westenberger, in der Kasinostraße, bei Aderholt.«

»Kann nicht sein. Hier wohnt nur Wilfried Aderholt mit seinem Sohn Lukas, und der bin ich.«

Dann knackte es in der Sprechanlage, und anschließend war es still. Lukas hatte das Gespräch beendet.

Stefan sah Peter an, der nickte kurz, ging zur Hofeinfahrt hinüber, die mit einem massiven, zweiflügeligen, aber stark verwitterten Holztor versperrt war, und drückte die Türklinke. Sie gab ohne zu zögern nach, und das Tor öffnete sich leise knarrend. Die beiden betraten nun den schäbigen Hinterhof, der auch schon bessere Tage gesehen hatte, sahen sich kurz um und kehrten dann zum Auto zurück.

Als sie saßen, meinte Peter: »Das hast du gut gemacht. Wir haben alles erfahren, was wir wissen wollten.«

»Bist du da sicher?«

»Klar. Der Junge ist eindeutig zu Hause, das heißt, wenn er frischen Stoff für die Kids besorgen muss und jetzt, da die Luft rein ist, nicht rausgeht, dann kommt der Dealer zu ihm. Im Hof haben wir gesehen …«

»… dass der Dealer bestimmt nicht durch den Hintereingang kommt. Die hohe Mauer mit dem Stacheldraht obendrauf ist ja nahezu unpassierbar. Das bedeutet, wir warten. Vielleicht kommt er heute noch. Eine bessere Gelegenheit als jetzt, da Lukas' Vater nicht da ist, gibt's kaum.«

»Stimmt. Der Tag kann noch lang werden. Besorg uns doch drüben in der Königsteiner Straße mal was zu essen, wir wollen ja schließlich nicht verhungern.«

Stefan verzog das Gesicht zu einer Grimasse, fügte sich dann aber schnell, da er selbst Hunger hatte. Es dauerte nicht einmal fünfzehn Minuten, da war er wieder zurück und hielt Peter die Tüte hin.

»Leider hat der letzte Metzger inzwischen auch dichtgemacht. Ich hatte nur die Wahl zwischen Döner und Hamburgern.«

Peter fasste in die Tüte, zog einen in Alufolie eingewickelten Döner heraus und sagte: »Na ja, wenigstens keine Hamburger. Die Dinger kann ich nicht mehr sehen. Also guten Appetit.«

Nachdem sie sich gestärkt hatten, sagte Peter: »Auch wenn man in den letzten Jahren versucht, den Niedergang von Höchst zu stoppen, fürchte ich, es geschieht nur halbherzig und vor allem zu spät. Mit Prestigeobjekten wie dem Dalbergkreisel wird man den großflächigen Verfall der Bausubstanz kaum stoppen können. Schon damit man in Höchst auch in einigen Jahren noch einigermaßen leben kann, müssen wir den Rauschgiftsumpf austrocknen. Dazu müssen wir aber an die Hintermänner ran und nicht nur an die kleinen Fische. Je mehr davon, umso besser.«

Stefan stimmte ihm zu, und so beobachteten sie den Eingang weitere zwei Stunden, doch es tat sich nichts. Als es gegen zwanzig Uhr, Lukas' Vater war inzwischen zurückgekommen, im Auto auch noch erbärmlich kalt wurde, fragte Stefan: »Peter, was meinst du, machen wir Schluss für heute?«

»Schon?«

»Ja, wenn der Alte im Haus ist, wird Lukas kaum seine Dealerfreunde empfangen.«

»Stimmt, und danke übrigens.«

»Wofür?«

»Du titulierst Lukas' Vater als ›Alten‹, dabei ist er höchstens vierzig. Was bin ich dann mit meinen gut fünfzig Lenzen? Schon ein Grufti?«

»Ach, Peter, komm …«

»Ist doch wahr.«

»Du Mimose. Sieh dir Lukas' Vater an, und du weißt, was ich meine. Der Mann sieht aus, als wäre er sechzig, wenn nicht gar älter. Aber sag schon, was meinst du: Tut sich hier noch was?«

»Hier wohl eher nicht. Aber wenn unser Goldjunge noch einmal weggeht?«

»Dazu hätte er am Nachmittag die allerschönste Zeit gehabt.«

»Stefan, du hast recht, und außerdem ist mir kalt. Wir werden nach Hause fahren«, antwortete Peter und startete den Wagen.

Während sie auf der B8 Kelkheim entgegenfuhren, sagte Peter nachdenklich: »Wir werden uns morgen noch mal an der Schule auf die Lauer legen und die Jugendlichen um Lukas im Auge behalten. Vielleicht können wir dabei auch den einen oder anderen Schüler ausfindig machen, der keine Angst vor ihnen hat und sich von uns ausquetschen lässt.«

»Besser wäre noch, wenn wir bei den Kleineren mal einen Elternteil erwischen und diesen ausfragen könnten. Wenn wir Glück haben, erwischen wir jemanden, der noch nicht resigniert hat und noch etwas ändern will.«

»Damit könntest du richtig liegen, dieser Ansatz ist wirklich gut. Super, Stefan.«

»Dann habe ich noch eine gute Nachricht für dich. Fahr gleich zu uns durch, Verena hat heute für uns gekocht.«

Gute eineinhalb Stunden später saßen die drei in der Wohnung in der Krakauer Straße und sprachen über diesen im Grunde verlorenen Tag.

Verena hatte es sich auf dem Sofa bequem gemacht, die Füße hochgelegt und meinte: »Irgendwie muss der Junge ja an das Zeug kommen. Bleibt an ihm dran, da ist Geduld vonnöten. – Oh, verdammt …«

»Was ist?«, fuhr Stefan hoch. »Verena, was hast du, ist was mit den Kindern?«

»Nein«, sagte Verena und grinste, »mir ist nur etwas eingefallen.«

»Du hast ja Nerven. Ich hab schon gedacht, die Wehen hätten eingesetzt.«

»Ja, im Gegensatz zu dir hab ich gute Nerven, und für die Wehen ist es noch einige Wochen zu früh. – Peter, entschuldige bitte, ich habe ganz vergessen, dir zu berichten, dass Annika angerufen hat. Sie hat sich beschwert, dass du nie zu erreichen bist.«

»Na die ist gut«, sagte Peter, »ich krieg sie doch auch nie an die Strippe.«

»Ich soll dich fragen, ob es dir recht ist, wenn sie mit Sven am Samstagmittag kommt und bis zum Montagmorgen bleibt. Sven hat erst später Schule.«

»Warum sollte ich etwas dagegen haben?«

»Ich weiß es nicht, aber Annika klang irgendwie gestresst.«

»Das kommt daher, dass diese Frau nie weiß, was sie will.«

»Doch, das weiß sie ganz genau«, nahm Verena sie in Schutz. »Sie will erst einmal das Vermächtnis ihres Mannes, die Stiftung, in trockne Tücher bringen, bevor sie sich neuen Dingen zuwendet.[2] Sie denkt, dass sie Ende April so weit ist. Im Mai könnt ihr dann ihren Umzug vorbereiten.«

»Na, das hört sich doch zur Abwechslung einmal richtig gut an. Aber jetzt muss ich los. Stefan, ich hole dich morgen früh gegen halb acht hier ab, damit wir rechtzeitig zum Unterrichtsbeginn an der Paul-Oberhoff-Schule sind.«

---

[2]   Vgl. Die Taunus-Ermittler Band 3 Endstation Linie 3

4.

Pünktlich mit dem Gong zur ersten Stunde standen sie vor dem großen alten Schulgebäude und sahen, wie einige der Eltern ihre Kinder erst im letzten Moment zur Schule brachten.

»Das sind bestimmt diejenigen, die besonders unter Lukas und seinen Kumpanen zu leiden haben«, vermutete Peter.

»Da könnte was dran sein. Nimm du die Mutter im roten Golf unter die Lupe, und ich knöpfe mir den Mann mit dem BMW vor. Mal sehen, ob dabei etwas rauskommt«, sagte Stefan.

»Auf in den Kampf«, murmelte Peter grinsend und ging zielstrebig zu der Frau hinüber, die den roten Golf ansteuerte, während Stefan sich beeilte, den Mann einzuholen, der schon fast an seinem Wagen angekommen war.

»Entschuldigen Sie, dass ich Sie so einfach anspreche«, sagte Peter. »Mein Name ist Peter Stettner, ich bin Privatdetektiv und im Auftrag des Rechtsanwalts Dr. Pfannmöller unterwegs. Hätten Sie einen Augenblick Zeit für mich?«

»Um … um was geht es denn?«, fragte die Frau stockend und blickte sich ängstlich um.

»Kennen Sie die Schülerin Pia Neuner?«, steuerte Peter sein Ziel ohne Umwege an.

»Ja, natürlich. Sie geht mit meiner Tochter in eine Klasse.«

»Dann wissen Sie sicher auch, was dem Mädchen widerfahren ist, oder?«

»Nein, was denn?«

»Frau …«

»Kettler, Dorothea Kettler.«

»Dass die kleine Pia nicht auf der Treppe gestürzt ist, wie sie selbst behauptet, das wissen Sie genauso gut wie ich.«

»Nein, davon weiß ich nichts«, sagte Frau Kettler und blickte sich verstohlen um.

»Sie brauchen keine Angst vor mir zu haben. Ich will Pia Neuner und ihren Leidensgenossen schließlich helfen. Aber Sie sollten auch nicht versuchen, mich anzulügen. Dass Sie Ihre Tochter erst so kurz vor Unterrichtsbeginn hierher gebracht haben, spricht Bände.«

»Ich… ich weiß nichts, gar nichts«, stammelte Frau Kettler noch verunsicherter und sah sich erneut um.

»Sind Sie da ganz sicher?«, hakte Peter nach. Die Frau flehte ihn an, und es klang, es wendete sie sich nicht nur an ihn, sondern auch an irgendwelche unsichtbaren Zuhörer: »So lassen Sie mich doch endlich in Ruhe. Ich kann und will Ihnen nichts sagen.«

Ihre letzten Worte hatte sie immer lauter herausgeschrien, aber nun brach sie plötzlich in Tränen aus und ließ sich kraftlos auf den Fahrersitz ihres betagten Autos sinken. Wimmernd legte sie die Stirn aufs Lenkrad und begann hemmungslos zu weinen.

Peter wurde von diesem Ausbruch so sehr überrascht, dass er im ersten Moment nicht wusste, was er sagen sollte. Damit hatte er in keiner Weise gerechnet.

»Ich wollte Sie nicht bedrängen, Frau Kettler. Entschuldigen Sie bitte.«

»Schon gut«, sagte die Frau so leise, dass es nur für ihn

hörbar war: »Ich habe panische Angst davor, was mir, oder, noch schlimmer, meiner Tochter alles geschehen könnte. Was ist, wenn die sich beim nächsten Mal nicht damit begnügen, mir die Reifen zu zerstechen?«

Peter sah ein, dass Frau Kettler ihm im Moment unmöglich weiterhelfen konnte, und so tat er für den Fall, dass sie tatsächlich unter Beobachtung standen, etwas für ihre Sicherheit.

Er hob, weithin sichtbar, bedauernd die Schultern und sagte mit lauter Stimme: »Dann kann man nichts machen. Sollten Sie es sich aber anders überlegen, gebe ich Ihnen meine Karte.« Dann fügte er ganz leise hinzu: »Zerreißen Sie die Karte und werfen Sie sie gut sichtbar weg. Das dient Ihrer Sicherheit. Auf Wiedersehen.«

Während Stefan noch immer hitzig mit dem Mann im BMW diskutierte, wartete Peter am Schultor auf ihn und beobachtete den Parkplatz. Es dauerte gar nicht lange, da schlenderte ein etwa vierzehnjähriger Junge betont lässig über den Platz. Es war der, den Lukas Aderholt vor zwei Tagen in der Toilette gelobt und als seinen guten Sklaven bezeichnet hatte. Dorothea Kettler hatte also gut daran getan zu schweigen. Als er die Stelle erreicht hatte, wo fünf Minuten zuvor noch ihr Auto gestanden hatte, bückte er sich und tat so, als wolle er sich den Schnürsenkel zubinden. In Wirklichkeit hob er die zerrissene Karte auf und steckte die Schnipsel ein. Nun kannten die Jungen Peters Identität. Das war zu diesem frühen Zeitpunkt zwar ungünstig, hätte sich auf Dauer aber ohnehin nicht vermeiden lassen. Da war ihm Frau Kettlers Schutz um einiges wichtiger.

Gerade als der Junge mit seiner Beute verschwand, kam Stefan zurück.

»Was gab's denn bei dir?«, fragte Peter sofort.

»Gar nichts. Der will partout nicht reden. Ich hab mir gedacht, wenn ich ihm Komplimente für sein schönes Cabrio mache, wird's besser – aber Pustekuchen. Und was sagt die Fahrerin des Golfs?«

»Genauso wenig. Die Frau hatte eine Heidenangst. Dennoch weiß ich wieder etwas mehr. Die Arschlöcher scheinen nicht nur an der Schule, sondern auch unter den Eltern Panik zu verbreiten. Das heißt aber auch mit absoluter Sicherheit, dass mehr dahintersteckt als eine Handvoll dummer Jungen.«

»Stimmt. Unser BMW-Fahrer hatte, obwohl er ein kräftiger Kerl ist, ebenfalls die Hosen voll. Nie im Leben würden die Leute so panisch auf ein paar Halbwüchsige reagieren.«

»Erst mal so viel, ich bin ganz deiner Meinung. Aber kannst du diesen Verdacht begründen?«

»Klar. Der Mann fühlte sich mir gegenüber stark und hat gleich mit der Polizei gedroht. Als ich sagte, das wäre prima, dann könne er auch mit Hauptkommissar Hundt reden, änderte er seine Taktik und drohte mir Prügel an. Das bedeutet, dass er in mir die geringere Gefahr sieht. Also müssen weit mächtigere Hintermänner hinter den Jungs stehen.«

»Das bestätigt meine Befürchtung. Ich bin froh, dass wir uns der Sache angenommen haben, denn hier muss schnellstens etwas geschehen. Wir müssen versuchen, die Strukturen dieser Bande so weit wie möglich aufzubrechen. Selbst wenn wir dazu mit Hundt und Jäger zusammenarbeiten müssen.«

»Bist du wahnsinnig!«, rief Stefan entsetzt. »Vielleicht sollten wir lieber noch einmal deinen Beobachtungsposten in der Toilette aufsuchen. Kann doch sein, dass wir da mehr erfahren.«

»Das glaube ich nicht, denn ich musste meine Identität lüften.«

»Warum denn das!?«

Peter umriss kurz das Gespräch mit Frau Kettler und erzählte auch, dass er einen Jugendlichen dabei beobachtet hatte, der sich für die zerrissene Karte interessierte.

»Du hast recht. Die wissen inzwischen Bescheid und wären wirklich blöde, wenn sie die Toilettenräume nicht durchsuchen würden, bevor sie das Geschäftliche regeln. Was … – Halt, da fällt mir noch etwas ein. Könnte es nicht sein, dass Lukas seine Drogen hier an der Schule übergeben bekommt?«

»Darüber hab ich auch schon nachgedacht, bin aber zu dem Schluss gekommen, dass es den Lieferanten zu riskant ist.«

»Du meinst, weil sie älter sind?«

»Genau. Die würden hier auffallen wie die bunten Hunde.«

»Okay, und was machen wir jetzt?«

»Frühstücken, würde ich sagen. Oder hattest du heute Morgen Zeit dazu?«

»Leider nicht.«

»Dann nichts wie los. Hier in der Nähe gibt es ein Lokal, das ein perfektes Frühstücksbuffet anbietet – falls es noch existiert. In unserer schnelllebigen Zeit weiß man das ja nie.«

Während Stefan und Peter es sich schmecken ließen, lief der Junge, der Peters Visitenkarte aufgehoben hatte, zum Klassenraum seines Kumpels, um ihm den Fund zu bringen. Er hatte zwar eine Wahnsinnsangst vor Lukas, dennoch war er froh, den »Sklaven« für ihn spielen zu dürfen. Schließlich blieb ihm so das Schicksal einiger seiner Klassenkameraden sowie der jüngeren Schüler erspart. Diese wurden von der Bande um Lukas Aderholt und Fabian Baureis gepiesackt und gemobbt, aber auch erpresst und bestohlen. Da stellte er sich doch lieber auf die Seite der Peiniger, auch wenn es ihm selbst fernlag, irgendjemanden zu quälen. Den gehorsamen Sklaven zu spielen war immer noch besser, als selbst in ständiger Angst vor Übergriffen leben zu müssen. Gut, die beiden erlaubten sich auch jetzt noch hin und wieder derbe Späße auf seine Kosten, aber es war bei Weitem nicht mehr mit früher zu vergleichen – und in Lukas und Fabians Augen eben Spaß und nicht das knallharte Geschäft, wie sie ihre brutalen Übergriffe nannten.

David Volk war fast fünfzehn, ging in die neunte Klasse der Hauptschule und hatte an diesem Morgen erst zur dritten Stunde Unterricht, da Werken ausgefallen war. Lukas und Fabian waren genauso alt wie er, gingen aber noch in die achte, weil es ihnen dort so gut gefiel.

David wartete schon einige Minuten vor ihrem Klassenraum, als es zur großen Pause läutete. Es dauerte keine zehn Sekunden, bis die Tür mit einem lauten Knall aufflog und die Schüler in den Flur stürmten. Mitten unter ihnen waren auch Lukas und Fabian, und David winkte ihnen zu. Augenblicklich kamen die beiden zu ihm herüber.

»Ich hab Neuigkeiten.«

»Keine guten, stimmt's?«, fragte Fabian.

»Genau.«

»Los, mach's Maul auf, was ist passiert?«, mischte sich nun Lukas ein.

»Der Mann auf dem Klo.«

»Der Vater, was ist mit ihm?«

»Das ist kein Vater …«

»Was ist er denn? Ein Fahrrad? Oder eine Mutter? David, nicht jeder ist so ein Weichei und 'ne Schwuchtel wie du.«

»Ich bin nicht schwul«, begehrte der einen Kopf kleinere David auf.

Lukas lachte höhnisch auf. »Ach was, wir wissen doch alle, was mit dir los ist. Du brauchst doch so was.«

Dann drückte er David an die Wand und fuhr ihm frech grinsend durchs Haar.

David war viel zu verdattert, als dass ihm etwas dazu einfiel, aber an Lukas' Vermutung war schon etwas dran. Schließlich wurde er im nächsten Monat fünfzehn und interessierte sich kein bisschen für Mädchen. Ganz im Gegenteil, in der Umkleide nach dem Sportunterricht schielte er schon mal nach den Klassenkameraden. Zudem war ihm Lukas' plötzliche Nähe, trotz der Angst vor ihm, alles andere als unangenehm gewesen.

Genau hier lag eine von Lukas' Stärken. Auch wenn er nicht sehr schnell beim Lernen war, er spürte mit fast traumwandlerischer Sicherheit die Stärken und Schwächen anderer und nutzte sie skrupellos für seine Ziele aus. So war es auch bei Vera gelaufen, der Anführerin der Mädchengang aus der Siebten. Seit sie auf den Geschmack seiner Tabletten gekommen war, hatte er begonnen, sie und ihre Freundinnen behutsam in seine Bande zu integrieren, denn das eröffnete ihm ganz neue Geschäftsfelder. In diesem Punkt war er selbst Fabian, der nur aus Solidarität mit ihm sitzen geblieben war, haushoch überlegen.

»Los, mach den Mund auf und träum nicht von schönen Jungs, was ist nun mit dem Mann?«

»Er war ... als Privatdetektiv hier.«

»Was?«

»Hier ist seine Karte.«

Lukas nahm die zerrissene Visitenkarte der Detektei ST-W in die Hand und knurrte: »Ach du Scheiße, die Taunus-Ermittler.«

»Sind die was Besonderes?«

»Allerdings. Hast du kein Internet? Aber na ja, was soll man von einem... Jedenfalls hab ich schon viel – zu viel von denen gehört. Wir sollten ihnen gleich eine Abreibung verpassen. Heute Mittag rufe ich unsere Freunde an.«

»Warte damit noch«, hielt ihn Fabian zurück, der der Besonnenere des Führungsduos war. »Damit setzen wir sie doch erst recht auf unsere Spur. Wir sollten sie erst einmal still im Auge behalten.«

Lukas fuhr herum, sah Fabian mit wütend funkelnden Augen an und sagte dann: »Du hast recht. Machen wir es so.« Dann wandte er sich wieder an David und fragte: »Was hast du gesehen? Der Detektiv hat dir doch wohl kaum seine Karte in die Hand gedrückt?«

»Sie waren sogar zu zweit«, sagte David. »Sie haben sich vor der Schule an die Eltern unserer Kunden herangemacht.«

»Kunden ist gut«, gluckste Lukas los und schlug sich lachend auf die Oberschenkel. »Kunden … Schwuli, du bist spitze. Aber jetzt im Ernst: Wer war es, und haben die Leute ausgepackt?«

»Sie befragten Herrn Beine und Frau Kettler. Das Gespräch mit Beine hat der Jüngere geführt. Mit der Kettler sprach der Mann, den wir damals auf dem Klo aufgemischt haben. Ich konnte aber nichts hören, ich war zu weit weg.«

»Na ja, okay, was hast du gesehen?«

»Es verlief sehr einseitig, der Mann hat immerzu auf die Frau eingeredet.«

»Hattest du den Eindruck, die hat irgendwas verraten?«

»Ganz im Gegenteil. Die wirkte erst sauer, und schließlich hat sie sogar geheult.«

»Scheiße«, meinte Fabian, »könnte die vielleicht doch geredet haben?«

»Glaub ich nicht, denn der Mann hat mit den Schultern gezuckt und irgendwas gesagt, das wie ›Da kann man nichts machen‹ klang.«

»Und dann ist er weggegangen?«

»Er hat ihr vorher noch seine Karte gegeben, aber kaum hatte er ihr den Rücken zugedreht, da hat sie die Karte zerrissen und aus dem Auto geworfen.«

»Wenigstens eine, die was gelernt hat«, sagte Lukas, »aber dem Beine schicken wir besser eine Warnung. Du weißt, was das heißt, Sklave?«

»Die Reifen.«

»Nein, das hat bei der Kettler gereicht, weil die mit jedem Cent rechnen muss. Hier müssen wir 'ne Schippe drauflegen.«

»Du meinst, ich?«

»Na klar, dafür hab ich dich doch.«

»Was soll ich tun?«

»Du schlägst bei seinem Auto die beiden vorderen Lampen ein. Der Wagen ist gut und gern fünfundzwanzig Jahre alt, es dürfte etwas dauern, neue zu besorgen. Sieh zu, dass sie auch wirklich nicht mehr funktionieren, dann ist der Wagen jetzt im Winter für zwei Wochen aus dem Verkehr gezogen. Dazu hängst du einen Zettel mit der Aufschrift ›Halts Maul‹ an die Windschutzscheibe. Aber bitte nicht selbst schreiben, sondern aus einer großen Tageszeitung ausschneiden.«

»Hältst du mich für blöde?«

»Nee, für saublöd. Also mach zu und beeil dich.«

Auch darin war Lukas unschlagbar: Er wusste immer, wie er seine Opfer am empfindlichsten treffen konnte. Das zusammen mit seinem untrüglichen Gespür dafür, wer loyal zu ihm stand oder wer ihm nützlich werden konnte, machte ihn zum geborenen Anführer.

In diesem Moment läutete es zur dritten Stunde, und David verabschiedete sich schnell, denn er musste noch einen Stock höher zu seinem Klassenraum gehen. Im Gegensatz zu den anderen beiden war ihm an einem guten Schulabschluss gelegen, denn er hatte bereits einen Ausbildungsplatz in Aussicht.

Kaum war er fort, da sagte Fabian: »Scheiße, jetzt haben wir Deutsch bei Lämmermeier. Wenn wir nicht reingehen, schreibt der Vollpfosten einen Vermerk ins Klassenbuch, und wir sind auf seiner Abschussliste.«

»Da sind wir sowieso.«

»Du hast leicht reden. Dein Alter lässt dich in Ruhe. Aber meiner tickt aus, wenn ich noch 'ne Ehrenrunde drehe und keinen Hauptschulabschluss hinbringe.«

In diesem Augenblick kam der Lehrer den Gang entlang, sah Lukas und Fabian als Einzige noch draußen stehen und sagte mit scharfer Stimme: »Na, die Herren Aderholt und Baureis brauchen wohl mal wieder eine Extra-Einladung. Wenn ihr so weitermacht, ist die achte Klasse nicht nur eure letzte, sondern ihr verlasst die Schule ohne Abschluss.«

»Na und«, murmelte Lukas Aderholt, trollte sich aber dennoch hinter Fabian ins Klassenzimmer. Dabei zog er die Tür so laut ins Schloss, dass ihm der Pädagoge einen scharfen Blick zuwarf.

Lämmermeier war einer der wenigen Lehrer an dieser Schule, die es verstanden, sich auch den rüpelhaftesten Schülern gegenüber durchzusetzen. Schade war nur, dass er dank seines lethargischen Kollegiums auf verlorenem Posten kämpfte.

Während Lukas und sein Freund im Deutschunterricht den nächsten Rüffel einstecken mussten, beendeten Peter und Stefan ihr fürstliches Frühstück und schlenderten gemächlich in Richtung Paul-Oberhoff-Schule zurück. Gerade als die zweite große Pause begann, kamen sie dort an.

Ein glücklicher Zufall wollte es, dass ihnen Lukas und seine Kumpane über den Weg liefen, bevor sie sich auf die Suche nach ihnen machen mussten. In einer Ecke des Schulhofs entdeckte Peter Lukas Aderholt und um ihn geschart seine Freunde sowie die Helfer aus der vierten Klasse.

Peter und Stefan gingen hinter einem Mauervorsprung in Deckung und beobachteten die Szene.

»Es scheint aber nicht so, als ob Lukas keinen Nachschub mehr hätte«, sagte Stefan.

»Stimmt. Gestern sah das ganz anders aus. Entweder hatte er doch noch etwas zu Hause, oder er hat inzwischen eine Lieferung bekommen.«

»Wie denn? Wir haben das Haus bis zum Abend beobachtet.«

»Vielleicht sind wir einfach nur zu früh aufgebrochen. Wenn uns niemand den entscheidenden Tipp gibt, müssen wir das Haus rund um die Uhr überwachen.«

»Hm, wenn du meinst ... Ich schlage vor, wir fahren jetzt erst mal ins Büro und überdenken unsere Strategie.«

Stefan hatte den Satz kaum beendet, da sahen sie einen Mann mit energischen Schritten auf das Schulgebäude zugehen. Mit zwei großen Schritten nahm er die vier Stufen am Haupteingang und verschwand im Gebäude. Einem plötzlichen Impuls folgend, rannten die Detektive hinterher und bekamen gerade noch mit, wie der Mann im Büro des Rektors verschwand.

»Das könnte ein aufgebrachter Vater sein, der sich beschweren will«, vermutete Peter.

Dass er damit wahrscheinlich richtig lag, wurde ihnen kurz darauf klar, denn im Büro wurden Stimmen laut. Peter, der ein außergewöhnlich gutes Gehör hatte, verstand vieles von dem, was gesprochen wurde. Stefan konnte dagegen lediglich zwei Stimmen unterscheiden, von denen sich eine fast überschlug. Er wollte etwas fragen, aber Peter bat ihn mit einer energischen Handbewegung zu schweigen. Kurz darauf wurde es still im Zimmer.

»Das könnte unsere Chance sein«, flüsterte Peter seinem Freund zu, und im gleichen Moment wurde die Tür des Rektorats von innen aufgedrückt.

Der große, schlanke Mann, der noch immer sehr in Rage zu sein schien, hatte einen etwa achtjährigen Jungen an der Hand. Das rechte Auge des Jungen war blau unterlaufen, und an seiner ziemlich neu aussehenden Jacke fehlte ein Ärmel.

Peter und Stefan gingen auf die beiden zu, und noch bevor sie sich vorstellen konnten, fuhr der Mann sie scharf an: »Was gibt's denn nun schon wieder? Sie sehen doch, ich bin in Eile!«

»Wir sind Privatdetektive und untersuchen die Vorkommnisse an dieser Schule«, sagte Peter.

»Das wird aber auch langsam mal Zeit«, stieß der Mann noch immer zornig hervor, blieb aber stehen und sah die beiden neugierig an.

»Wie wir sehen können, ist Ihr Sohn auch zum Opfer dieser gewalttätigen Kinder geworden.«

»Allerdings, und das nicht zum ersten Mal. Sie sprachen eben von Vorkommnissen – ich denke, die gibt es hier nicht?!«

»Wie kommen Sie darauf?«

»Das hat der Rektor gerade eben zu mir gesagt. Sie können sich sicher denken, dass ich ihm ganz schön Bescheid gestoßen habe. Wird jetzt doch etwas dagegen getan?«

»Vonseiten der Schule nicht, wir ermitteln in privatem Auftrag.«

»Ein Segen. Ich habe schon gedacht, ich hätte den Rektor zu Unrecht zusammengefaltet.«

»Nein, der mauert, der will bis zur Pension nur noch seine Ruhe haben. Wären Sie so freundlich, uns ein paar Auskünfte zu geben?«

»Klar doch. Ich will ja auch, dass das aufhört.«

»Dann schießen Sie mal los.«

»Nicht hier, das werden Sie bestimmt verstehen. Aber es wird langsam Zeit, dass diesen Nachwuchsgangstern, und damit meine ich nicht die Kinder hier an der Schule, das Handwerk gelegt wird. Da stecken ältere von außerhalb dahinter, denn die sind …«

Zuerst schien es so, als ob sich der Mann weiter in Rage reden und an Ort und Stelle auspacken würde. Doch dann zuckte er plötzlich zusammen, sah sich vorsichtig um und verstummte.

»Was ist denn nun?«, fragte Peter.

»Hier haben die Wände Ohren.«

»Wann und wo können wir reden?«

»Bei mir zu Hause, morgen früh.«

»Warum nicht jetzt?«, hakte Stefan nach.

»Weil ich keine Zeit habe«, sagte der Mann fast schon schroff, fügte dann aber erklärend hinzu: »Meine Frau und ich haben eine Einladung, und ich bin schon spät dran. Morgen früh packe ich aus, versprochen. Diese Leute müssen in den Bau, so schnell wie möglich.«

»Würden Sie uns Ihren Namen und die Adresse verraten?«

»Moment, ich schreibe es auf.«

Dann nestelte der Mann, der nach wie vor die Hand seines Sohnes fest umklammert hielt, umständlich einen Block hervor und schrieb.

»Was ist Ihrem Sohn denn angetan worden?«

»Drei Jungs aus der vierten haben ihn im Schulhof in eine stille Ecke gedrängt und wollten zwanzig Euro von ihm haben. Da Marco nur zwei Euro dabeihatte, wollten sie als Ersatz seine Jacke. Sie ist ein Weihnachtsgeschenk und war sehr teuer. Dass der Junge sie nicht so ohne Weiteres hergeben wollte, können Sie sich bestimmt denken. Da haben diese Rabauken mutwillig einen Ärmel abgerissen und den Kleinen zusammengeschlagen. Dem Rektor habe ich dazu das ein oder andere erzählt, aber leider ist der auf diesem Ohr taub. – Er hat Sie wirklich nicht engagiert?«

»Nein.«

»Schade, denn dann hätte ich die Hoffnung gehabt, dass sich hier vielleicht doch noch mal was ändert.«

»So nicht?«

»Was wollen Sie ohne Unterstützung durch die Schule schon groß ausrichten? Von wem kam denn dieser Auftrag?«

»Darüber können wir nicht reden. In unserem Geschäft ist Diskretion das oberste Gebot. Nur so viel: Es war eine Leidensgenossin.«

»Ich muss jetzt weiter. Kommen Sie morgen früh um zehn zu mir, dann reden wir weiter.«

Als der Mann mit seinem Sohn um die Ecke gebogen war, sagte Stefan hoffnungsvoll: »Vielleicht erfahren wir morgen etwas über die Hintergründe.«

»Sei nicht zu optimistisch. Morgen könnten wir schlauer sein, es sei denn …«

»Wie meinst du das?«

»Na ja, wenn er jetzt heimkommt und mit seiner Frau spricht, kann alles schon wieder anders aussehen. Deshalb hätte ich ihn ja gern gleich hier ausgequetscht.«

Stefan nickte stumm.

»Gib mir doch mal die Adresse«, bat Peter, und Stefan las: »Herbert Wegmann, Robert-Bunsen-Straße, Frankfurt-Höchst. – Das ist doch hier um die Ecke, wenn ich mich nicht irre.«

»Richtig, das ist auch nicht gerade ein Nobelviertel. Dennoch hatte ich bei Wegmann den Eindruck, dass er sozial etwas besser gestellt ist als viele andere Eltern.«

»Könnte sein, ja. Daher kommt vielleicht auch die Bereitschaft, mit uns zusammenzuarbeiten. Er hat sich noch nicht in dem Maße mit der Gewalt abgefunden wie die anderen Eltern.«

»Das denke ich auch. Wenn wir ihn morgen früh befragt haben, werden wir hoffentlich ein Stück weiter gekommen sein.«

»Schön wär's.«

5.

Jonas Mehler, ein großgewachsener, schlaksiger Fünftklässler, der oft unter Lukas Aderholt und seiner Bande zu leiden hatte, war glücklich. Hinter einem Mauervorsprung verborgen hatte er ein Gespräch belauscht und etwas erfahren, womit er seine Peiniger beeindrucken und sie vielleicht sogar etwas milder stimmen konnte. Er war ganz unruhig und konnte sich während der folgenden Schulstunden kaum konzentrieren. Endlich war es so weit; die Schulglocke läutete zum Ende des Unterrichts. Als einer der Ersten verließ er sein Klassenzimmer und lief, was er unter anderen Umständen gewiss nicht getan hätte, in Richtung von Lukas' Klassenzimmer. Er hatte Glück, denn er erwischte ihn gerade noch, als dieser sich auf dem schnellsten Weg nach Hause machen wollte.

»Warte mal, Lukas!«

»Ach, du bist es, Jonas. Was hast du auf meinem Flur zu suchen? Heute ist doch noch gar kein Zahltag. Oder willst du deine Schulden früher bezahlen?«

»Wie komme ich dazu?«

»Schade, das hätte dich so sympathisch gemacht, dass du diesmal keine auf die Schnauze gekriegt hättest.«

»Deine fünf Euro bekommst du wie immer am Montag.«

»Alles paletti. Warum bist du hier?«

»Weil ich was gehört hab. Es sind zwei Detektive an der Schule unterwegs.«

»Das weiß ich schon.«

»Wie?«, fragte Jonas enttäuscht, denn er hatte gehofft, gelobt zu werden.

»Die haben mit jemandem gesprochen.«

»Das mit Beine und der Kettler weiß ich längst. Wenn du mir nichts Neues erzählen kannst, dann mach, dass du Land gewinnst, aber avanti galoppi.«

»Beine, Kettler? Nein, das mein ich nicht. Ich hab sie mit dem Vater von Marco Wegmann reden sehen.«

»Scheiße!«, fluchte Lukas. »Hast du gehört, was er gesagt hat?«

»Zum Teil.«

»Schieß los.«

»Die wollen sich morgen früh mit Wegmann treffen, und der will auspacken.«

»Wie?«

»Über euch.«

»Warum sagst du mir das?«

»Weil ich dachte, dass wir uns ... also, dass wir uns vielleicht arrangieren könnten?«

»Wie meinst du ...«, sagte Lukas, dachte kurz nach und meinte dann: »Okay, gute Spitzel kann ich immer gebrauchen. Halt die Ohren offen! Wenn du mir was Brauchbares liefern kannst, umso besser für dich. Du brauchst mir am Montag nur zwei Euro zu geben, und für jede weitere brauchbare Info zahlst du in Zukunft zwei Euro weniger.«

»Was für Infos?«

»Na, du Depp, so wie die eben. Oder über Kinder, die hier neu sind und bei denen was zu holen ist.«

»Okay, mach ich. Also tschüs.«

Prima, dachte Lukas, Spitzel kann man nie genug haben. Zumindest solange an der Schule noch genügend Beute zu machen ist. Daran dürfte aber bei gut sechshundert Kindern allein im Grund- und Hauptschulbereich so schnell kein Mangel aufkommen. Er wusste, dass im Realschulbereich andere das Geschäft in der Hand hatten, aber er war gerissen genug, es nicht auf einen Bandenkrieg ankommen zu lassen. Schließlich hoffte er, wenn er erst einmal die Schule verlassen hatte, in die nächste Liga aufsteigen zu können. Immerhin waren die, von denen er heute die Tabletten und andere Aufputschmittel bezog, seine Vorgänger an dieser Schule gewesen.

Auch Jonas Mehler glaubte ein gutes Geschäft gemacht zu haben. Er konnte sich beim besten Willen nicht vorstellen, dass es andere Schulen gab, bei denen Erpressung, Gewalt und Mobbing nicht an der Tagesordnung waren.

Während er freudig nach Hause ging, dachte er, dass er nun bald immerhin wieder etwas Geld für sich hätte. Schließlich hatte er schon seit Monaten sein gesamtes Taschengeld an Lukas abgedrückt, und wenn es mal nicht reichte, dann musste er sich etwas dazuverdienen, indem er das Auto seines Vaters wusch oder den Rasen im Schrebergarten mähte. Seine Eltern glaubten bestimmt, dass er wahre Reichtümer hortete, denn er hatte sich schon seit einigen Monaten, als er zum ersten Mal Lukas in die Hände gefallen war, nichts mehr geleistet. Von den fiesen Methoden seines Mitschülers ahnten sie nichts. Da war es nur gut, dass es seinen Eltern finanziell etwas besser ging als den meisten anderen. Er hatte mehr als einmal erlebt, wie brutal Lukas sein konnte, wenn seine Opfer nicht zahlen konnten.

Nachdem Jonas gegangen war, zog Lukas sein Handy aus der Tasche und rief unverzüglich seinen Kontaktmann an.

Es war in den letzten Tagen so viel geschehen, da mussten seine Lieferanten unbedingt wissen, was hier vor sich ging.

Während er darauf wartete, dass sein Gegenüber abhob, dachte er daran, dass seine Kumpels und er zwar für die kleineren Warnschüsse wie Reifen aufschlitzen oder Autolampen einschlagen zuständig waren, aber die heftigen Bolzen, etwa wenn jemand am Singen gehindert werden musste, der nächsthöheren Ebene vorbehalten blieb. Und da konnte es manchmal ganz schön zur Sache gehen. So wie kurz vor Weihnachten, als es Giuseppes Vater eingefallen war, zu den Bullen zu gehen. Noch bevor er aussagen konnte, war abends ein Schlägertrupp gekommen und hatte die Wohnung der Zaccarellis kunstgerecht zerlegt.

In diesem Augenblick meldete sich die Stimme seines Lieferanten: »Wer ist da?«

»Ich bin es, Lukas.«

»Du weißt doch, dass du diese Nummer nur im Notfall anrufen sollst!«

»Es handelt sich um einen.«

Sofort änderte sich die Tonlage des Angerufenen: »Was gibt's – schieß los!«

»Einer von den Alten macht Probleme.«

»Welcher Art?«

»Er hat mit Privatdetektiven gesprochen.«

»Scheiße, etwa über uns?«

»Übers Wetter bestimmt nicht.«

»Weißt du, welche Detektivagentur es ist?«

»Klar, ich bin doch nicht blöde. Die sind in Kelkheim und nennen sich, soviel ich weiß, Taunus-Ermittler.«

»Verdammte Scheiße, das ist hart. Hat der Alte schon ausgepackt?«

»Will er morgen früh. Die Schnüffler sollen zu ihm kommen.«

»Der wird schweigen wie ein Grab, wetten?«, rief der Ganove lachend ins Telefon. »Wie heißt der Typ denn, und weißt du, wo er wohnt?«

»Klar, hab ich längst rausgefunden. Herbert Wegmann wohnt in der Robert-Bunsen-Straße in Höchst.«

»Sehr gut gemacht. Leute wie dich können wir brauchen. Wenn du aus der Schule kommst, findet sich bei uns bestimmt ein Job für dich. Ich red da mal mit …«

»Mensch, das wär echt stark.«

»Halt aber trotzdem weiter Augen und Ohren offen.«

»Logo. Bin ja nicht so 'n Vollpfosten wie unser Lehrer.«

Als Lukas aufgelegt hatte, war er mit sich und der Welt zufrieden. Ein Lob von der nächsthöheren Stufe bekam man nicht jeden Tag. Seine gute Laune ging sogar so weit, dass er sich freute, nach Hause zu kommen. Das war schon lange nicht mehr der Fall gewesen, und bestimmt hing sein Vater wie immer schon lallend vor der Glotze. Lukas konnte sich schon fast nicht mehr daran erinnern, wie es war, als sie noch eine ganz normale Familie gewesen waren.

Damals hatte sein Vater als Ingenieur gut verdient, und sie besaßen sogar ein Haus im Vordertaunus. Bis dann an einem heißen Sommerabend vor fünf Jahren dieser schreckliche Unfall passierte. Er hatte das Bild noch deutlich vor Augen, wie ein jugendlicher Raser seine Mutter und Alice, seine damals gerade dreijährige Schwester, auf dem Zebrastreifen niedergemäht hatte. Beide waren noch am gleichen Abend gestorben. Sein Vater und er hatten vom Straßenrand aus alles mit ansehen müssen. Das Schlimmste daran war aber, dass der Unfallfahrer Wochen später zwar gefasst, aber nie verurteilt wurde, da die Zeugen sich noch nicht einmal darin einig waren, welche Farbe der Unfallwagen hatte. Lukas und sein Vater waren nach dem Freispruch in ein tiefes schwarzes Loch gefallen, aus dem Lukas, wie er glaubte, inzwischen wieder herausgeklettert war. Sein Vater steckte jedoch rettungslos darin fest und würde vermutlich nie wieder auf die Beine kommen. Er hatte damals zu trinken begonnen, sich um nichts mehr gekümmert und bald darauf seinen gut bezahlten Job verloren. Danach war es mit dem sozialen Abstieg sehr schnell gegangen. Bald gaben sich die Gerichtsvollzieher die Klinke in die Hand, und als nichts mehr zu pfänden war, kam das Häuschen dran. Nun wohnten sie schon fast drei Jahre in dieser heruntergekommenen Zweizimmerwohnung in einem ebenso schäbigen Gebäude. Wenn Lukas nicht ab und zu aufräumen würde, wären sie schon lange in Bergen von Müll erstickt. Schon kurz nachdem sie dort eingezogen waren, hatte Lukas sich vorgenommen, nie mehr ohne Geld dazustehen und diesem Schweinestall an seinem achtzehnten Geburtstag den Rücken zu kehren.

Während er die Haustür aufschloss und durch das modrig riechende Treppenhaus hinauf in den zweiten Stock stieg, murmelte er: »Mein Vater sollte sich ein Beispiel an mir nehmen.« Freilich übersah er dabei völlig, dass auch er sich nach diesem schrecklichen Unfall total verändert hatte.

Etwa zur gleichen Zeit saßen Peter und Stefan im Büro und gingen mit Widerwillen an die verhasste Buchführung.

»Wir brauchen hier unbedingt eine Sekretärin, sonst geht bald alles drunter und drüber«, meinte Stefan.

»Woher nehmen und nicht stehlen? Ich red mal mit Annika drüber. Immerhin hat sie das mal gelernt.«

»Das wäre super. Aber fall nicht gleich mit der Tür ins Haus.«

»Meinst du, ich bin blöde?«, fragte Peter erbost, doch bevor er richtig sauer werden konnte, klingelte das Telefon.

»ST+W, Stettner, was kann ich für Sie tun?«, sprach er schroff in den Hörer.

»Mir einfach mal zuhören«, konterte Dr. Pfannmöller.

»Bin gerade dabei.«

»Schön. Ich wollte mal nachfragen, ob es in unserer Sache schon Neuigkeiten gibt. Kann Frau Neuner ihre Tochter guten Gewissens wieder zur Schule schicken?«

»Keine Sorge, Pia wird von diesen kleinen Rabauken garantiert nicht mit unseren Ermittlungen in Verbindung gebracht. Außer im Rektorat haben wir keinerlei Namen genannt. Allerdings mussten wir unsere Identität preisgeben. Da ich mir vorstellen kann, dass die Hintermänner nicht untätig bleiben und uns unter die Lupe nehmen, sollten wir keinen direkten Kontakt zu Frau Neuner aufnehmen. Das läuft weiterhin über dich.«

»Das wird das Beste sein. Gibt's sonst noch was?«

»Ja, in Kürze bekommen wir neue Informationen vom Vater eines anderen Opfers.«

»Das ist gut.«

Nachdem Peter aufgelegt hatte, sagte er zu Stefan: »Mir reicht's für heute, ich mache Feierabend. Es ist vier Uhr durch, und diese blöde Buchführung soll machen, wer will, ich jedenfalls nicht.«

»Aber Peter …«, sagte Stefan ärgerlich und sah von seinem Ordner auf.

»Ich seh mal nach, ob Verena schon da ist. Sie wollte ja heute Abend bei mir für uns beide kochen.«

»Tu, was du nicht lassen kannst. Ich muss hier jedenfalls noch etwas zu Ende bringen, sonst war die ganze letzte halbe Stunde für die Katz.«

Als Peter auf den Bürgersteig trat, dachte er: Gut, dass Stefan etwas mehr Durchhaltevermögen hat. Auch wenn wir nicht schlecht verdienen, eine Sekretärin will erst mal bezahlt werden.

Wenig später parkte Peter auf dem Hof seines Hauses ein und ging in die Küche, wo seine Nichte Verena schon in Aktion war.

»Was gibt es denn Gutes?«

»Zwiebelschnitzel, Kartoffeln und Salat.«

»Das Grünfutter kannst du weglassen.«

»Nichts da, das ist Nervennahrung. Stefan und du, ihr wärt viel freundlicher, wenn ihr ab und zu mal Vitamine zu euch nehmen würdet.«

Ohne auf diese Maßregelung einzugehen, fragte Peter: »Hat Annika sich eigentlich noch mal gemeldet?«

»Nein, aber sie wollte Bescheid haben, ob es dir recht ist, wenn sie am Wochenende kommt.«

»Was soll denn der Quatsch? Ein Segen, dass sie bald hier wohnt. Es tut unserer Beziehung nicht gut, dass wir uns so selten sehen. Wenn das noch lange so weitergeht, komme ich am Ende noch auf den Gedanken, dass sie mir etwas verheimlicht.«

»Aber Peter!«, rief Verena, und Peter fragte: »Was hast du?«

»Misstrauen ist fast immer der Anfang vom Ende.«

»Du hast ja recht, aber was soll ich denn denken, wenn diese Frau nie Zeit für mich hat?«

»Sei nicht so egoistisch«, polterte sie los. »Als du wenig Zeit für Annika hattest, hast du auch Verständnis von ihr erwartet. Mit deinem Geschwätz bringst du mich auf die Palme. Da bist du genau wie alle anderen Männer. Ihr Herren der Schöpfung meint, euch benehmen zu können, wie es euch passt, und wir haben immer parat zu stehen.«

Peter, der vom Wutausbruch seiner Nichte kalt erwischt wurde, rang nach Luft, musste aber einsehen, dass ein Körnchen Wahrheit in ihren Vorwürfen steckte. Dann begann er zu grinsen und fragte: »Macht Stefan das auch so?«

»Den Zahn habe ich ihm schnell gezogen.«

»Gut, dann rufe ich jetzt Annika an«, sagte Peter und verschwand im Wohnzimmer.

Ungefähr zur gleichen Zeit standen Herbert und Anita Wegmann im Badezimmer ihrer geräumigen Dreizimmerwohnung und machten sich für die Feier bei Herberts Chef zurecht. Diese Einladung hatte die beiden vollkommen unvorbereitet erreicht, schließlich arbeitete Herbert Wegmann erst seit drei Wochen in dem großen Stahlbaubetrieb im Stadtteil Griesheim. Er war vorher längere Zeit arbeitslos gewesen und froh, endlich wieder in seinem Beruf als Schlosser arbeiten zu können.

»Lass uns zur Zuckschwerdtstraße runterlaufen und die Tram nehmen«, sagte Anita Wegmann, während sie ihrer Frisur den letzten Schliff verpasste.

»Du hast wie immer recht. Ich bin ja froh, dass ich endlich meinen Führerschein wiederhabe, den werd ich nicht noch mal riskieren.«

»Dann ist es ja gut. Du weißt, dass unsere Ehe damals auf der Kippe stand.«

»Ja. Aber als ich dann diesen Kurierfahrerjob machen musste, kam es eben auch knüppeldick.«

»Niemand hat dich gezwungen, am Steuer zu saufen. Als dann auch noch der Führerschein weg war, warst du kaum noch zu ertragen. Ich war kurz davor, Marco zu nehmen und zu meinen Eltern zu ziehen.«

»War ich wirklich so schlimm?« Als seine Frau keine Antwort gab, sagte Herbert: »Ach, lassen wir die alten Geschichten ruhen. Wir sollten lieber los, sonst kommen wir zu spät, und wir wollen doch einen guten Eindruck hinterlassen.«

»Ich wollte dir nur sagen, wie stolz ich auf dich bin, weil du es geschafft hast, dich am eigenen Schopf aus dem Sumpf zu ziehen. Setz das bitte nie wieder aufs Spiel.«

»Deshalb fahren wir ja mit der Tram – oder wollen wir ein Taxi nehmen?«

»Jetzt werd mal nicht gleich übermütig.«

»Du hast recht, mein Schatz, das können wir uns noch nicht wieder leisten.«

Dankbar lächelte Anita ihren Mann an und küsste ihn so leidenschaftlich, dass nicht viel gefehlt hätte, und die Feier hätte noch länger auf sie warten müssen. Doch dann klingelte es an der Tür, und die siebzehnjährige Tochter einer Nachbarin kam, um auf Marco aufzupassen, bis er eingeschlafen war.

Kurze Zeit später gingen die Wegmanns untergehakt zur Endstation der Linie elf, die nicht weit von ihrer Wohnung entfernt lag. Unterwegs begegnete ihnen nur der alte Meier aus dem Nachbarhaus, der seinen Hund ausführte. Da es dunkel, trüb und auch ziemlich kühl war, schmiegten sie sich beim Gehen eng aneinander, schritten zügig voran und sprachen kaum ein Wort. Als sie unter der Eisenbahnbrücke kurz vor der Haltestelle hindurchgingen, hatte Herbert mit einem Mal den Eindruck, dass sie verfolgt würden. Als er sich umdrehte, glaubte er einen Mann im Schatten der Brücke verschwinden zu sehen.

Er sah sich vorsichtig um, nahm aber nichts Verdächtiges war. Ich sehe wohl schon Gespenster, dachte er.

Anita hatte die Anspannung, die für den Bruchteil einer Sekunde durch den Körper ihres Mannes gegangen war, sofort bemerkt.

»Was ist los, Schatz?«

»Nichts.«

»Du hast doch was. Das sehe ich dir an.«

»Nein.«

»Warum siehst dich dann dauernd um? Ich merk doch genau, dass dich etwas belastet.«

Ohne lange nachzudenken, platzte Herbert Wegmann damit heraus, dass er glaubte, verfolgt zu werden. Noch während er aussprach, bereute er den Satz.

»Auf was hast du dich denn diesmal eingelassen? Hast du am Ende wieder gespielt und Schulden gemacht?«

»Um Gottes willen, nein!«

In diesem Moment kam die Straßenbahn, ein älterer Zug mit zwei Wagen, um die Ecke gebogen und hielt direkt neben ihnen an. Herbert und Anita stiegen ein und setzten sich gleich hinter den Fahrer. So bekamen sie nicht mit, wie sich zwei Gestalten aus dem Schatten des Kiosks lösten und in den hinteren Wagen einstiegen.

Als sich der Zug in Bewegung gesetzt hatte, sagte Herbert grinsend: »Irgendwie sehen wir in Anzug und Abendkleid hier drin deplatziert aus.«

»Schön und gut, aber trotzdem bist du mir noch eine Antwort schuldig. Was hast du nun schon wieder angestellt?«

»Nichts – wirklich.«

»Kann ich das wirklich glauben? Warum fühlst du dich verfolgt?«

»Hätte ich nur nichts gesagt. Ich will dich nicht beunruhigen«, begann Herbert seufzend, dann wurde er vom Ansageband der Bahn unterbrochen: »Nächster Halt: Nied Kirche. Sie haben Umsteigemöglichkeiten zu den Bussen der Linien einundfünfzig und …«

Während sich ihr Mann nur zu gern ablenken ließ, bohrte Anita weiter: »Jetzt red endlich.«

»Ja, äh …«

»Sag, was los ist, halt mich nicht für dumm.«

»Also gut. Aber reg dich nicht auf. Die Blessuren, die Marco neulich aus der Schule mitgebracht hat, kamen nicht von einem Sturz, wie er behauptet.«

»Sondern? Hast du etwas damit zu tun?«

»Um Gottes willen, nein!«, rief Herbert abermals.

»Irgendjemand muss ihm das ja zugefügt haben. Marco rennt ja wohl kaum planlos durch die Gegend und knallt irgendwo gegen.«

»Natürlich nicht.«

»Verdammt, was ist es dann?«

»Marco wird von seinen Mitschülern gemobbt, verprügelt, erpresst und beraubt, weil er ihre Drogen nicht kaufen will. Das geht schon fast vier Wochen so.«

»Um Himmels willen, Herbert, woher weißt du das?«

»Der Rektor hat mich gestern auf der Arbeit angerufen und gebeten, Marco abzuholen. Der Typ hat zwar alles heruntergespielt, aber von Marco hab ich erfahren, was da wirklich läuft.«

»Du bekommst doch noch gar keinen Urlaub. Warum hat er nicht mich angerufen?«

»Marco hat deine Handynummer auf die Schnelle nicht gefunden, aber die Visitenkarte von meiner neuen Firma in der Tasche. Der Rektor hat bei meinem Chef angerufen, und der hat mir gleich drei Stunden frei gegeben.«

»Das finde ich sehr anständig. Vielleicht hast du ja mit dieser Firma das große Los gezogen?«

»Auch ein blindes Huhn findet mal ein Korn.«

»Ach, Herbert, mach dich doch nicht immer selbst so klein. Sag lieber, was hast du unternommen? Hast du die Polizei informiert?«

»Das nicht, aber als ich zur Schule kam, war dort ein Detektiv unterwegs. Ich hab erst gedacht, der Rektor hätte ihn engagiert, damit diesen kleinen Möchtegern-Gangstern Einhalt geboten wird.«

»Hat er das nicht?«

»Nein, der duckt sich weg und verschließt die Augen. Die Mutter eines Mädchens, das auch erpresst wird, hat den Detektiv über ihren Anwalt kontaktiert.«

»Die Frau hat Mumm.«

»Finde ich auch. Ach ja, morgen früh um zehn kommt der Detektiv zu uns nach Hause. Ich habe mich bereiterklärt, ihm alles zu sagen, was wir wissen, auch wenn es nicht viel ist.«

»Sehr gut. Und jetzt hast du Angst, es könnte jemand mitbekommen haben?«

»Ja, in der Tat.«

»Wir sollten versuchen, ruhig zu bleiben«, sagte Anita, »so schrecklich das alles ist: Das sind trotz allem nur Kinder.«

»Wenn ich meine kluge Frau nicht hätte!«, sagte Herbert Wegmann und legte ihr den Arm um die Schulter.

Was er nicht sagte, war, dass er sich da ganz und gar nicht sicher war. Von irgendwem mussten diese Kinder ihre Rauschmittel schließlich beziehen, und diese Lieferanten würden sich nicht gern in die Suppe spucken lassen.

»Mönchhofstraße«, riss die Ansage in der Straßenbahn die beiden aus ihren Gedanken, und sie mussten sich beeilen auszusteigen.

Herbert Wegmann sprang aus der Tram und half seiner Frau beim Aussteigen, die mit ihrem langen Abendkleid und den brandneuen High Heels nicht sehr beweglich war.

Dennoch kamen sie schnell voran, was bestimmt auch daran lag, dass es Frau Wegmann in der stellenweise nicht sehr gut ausgeleuchteten Mönchhofstraße ziemlich unheimlich war. Die am Tag so lebhafte Industriestraße, die an der linken Seite von Kleingärten gesäumt wurde, lag nun, da die Nacht hereingebrochen war, wie ausgestorben vor ihnen. Leider war die neue Arbeitsstätte ihres Mannes ganz am Ende der Straße, sodass es der an sich recht mutigen Frau mit jedem Schritt mulmiger wurde.

»Mein Gott, ist es hier düster, so richtig unheimlich«, sagte sie leise, und Herbert antwortete: »Ja, lass uns noch ein wenig schneller gehen.«

»Wie soll ich das mit meinen Schuhen machen?«

»Nimm sie in die Hand.«

»Dann sind die Strumpfhosen hin.«

Herbert, der eigentlich ›Verstehe einer die Frauen‹ sagen wollte, verkniff es sich und zog, da auch er kein wirklich gutes Gefühl hatte, seine Frau einfach etwas schneller mit sich.

Kurz darauf tauchten die beiden Gebäude des recht großen Betriebes vor ihnen im Dunkeln auf, und obwohl der Firmenhof beleuchtet war, fiel nur wenig Licht auf den Gehsteig hinaus. Auch drang von der fröhlichen Feier, die in der Firmenkantine stattfand, kaum ein Laut nach draußen.

Aber gerade als sie in den Hof einbiegen wollten und Herbert erleichtert zu seiner Frau sagte: »Schatz, wir haben es geschafft«, passierte es.

Zwei kräftige, völlig in Schwarz gekleidete und mit Sturmhauben maskierte Gestalten versperrten ihnen den Weg.

»Wen haben wir denn da? Die Plaudertasche und seine Frau«, sagte einer der beiden, und seine Stimme klang durch die Haube dumpf und verzerrt. In seiner Hand hielt er ein Messer.

Der zweite Mann holte ein Brecheisen hinterm Rücken hervor und näherte sich bedrohlich Frau Wegmann, die kaum zu atmen wagte und wie versteinert dastand.

Die beiden Angreifer hatten den Platz für ihren Überfall gut gewählt. Genau zwischen zwei Straßenlaternen, deren spärliches Licht auch so schon kaum ausreichte, hatten sie die beiden abgefangen, und während der mit dem Messer die Frau in Schach hielt, begann der andere auf ihren Mann einzudreschen. Zuerst mit dem Brecheisen, um jeden Widerstand im Keim zu ersticken, dann mit den Fäusten. Wohin sie trafen, war dem Angreifer völlig egal.

Nach einer Weile gab Wegmann es auf, stark sein zu wollen und sank erst auf die Knie, dann völlig zu Boden und wimmerte nur noch.

Anita Wegmann dachte schon, dass er ihren Mann totschlagen würde, da hielt der Mann plötzlich inne und sagte mit höhnischer Stimme: »Damit du begreifst, was mit Plaudertaschen wie euch geschieht, sieh jetzt gut zu.«

Dann nahm er wieder das Brecheisen und hielt damit den völlig zerschlagenen Mann in Schach. Der andere nahm nun sein Messer, trat einen schnellen Schritt auf Anita zu, und schlitzte ihr elegantes Abendkleid mit einem geübten Schnitt von oben bis unten auf, sodass es drohte, zu Boden zu fallen.

Zu Anita, die es festhalten wollte, sagte er erst: »Lass los«, um dann, als sie in Unterwäsche vor ihm stand, lüstern hinzuzufügen: »Du siehst gar nicht mal schlecht aus für dein Alter.«

Dabei kam er auf sie zu und fasste ihr in den Schritt.

Im Reflex holte Anita aus und gab dem Angreifer eine Ohrfeige, worauf der Mann nur noch mehr angestachelt wurde: »Ach, du bist eine Wildkatze.«

Nun trat er einen schnellen Schritt auf sie zu, griff mit einer Hand nach dem Verschluss ihres BH und riss ihn grob und ohne Vorwarnung herunter. Bevor Anita recht begriff, was geschah, hatte der Mann sie zu Boden gedrückt und lag auf ihr.

Genau in dem Moment, als er seine Hose öffnete, trat einer von Herberts neuen Kollegen auf die Straße, um eine Zigarette zu rauchen, was auf dem Firmengelände ausdrücklich verboten war.

Als Herbert um Hilfe rufen wollte, riss der Gangster, der ihn in Schach hielt, das Brecheisen hoch, und Herbert begriff augenblicklich, dass er schweigen musste, wenn er eine Chance haben wollte zu überleben. Aber die schnelle Bewegung hatte gereicht, um Volker Damaschkes Aufmerksamkeit auf sich zu lenken.

»Was ist denn hier los? Was machen Sie da?«, rief er laut, und genauso plötzlich wie der Überfall begonnen hatte, war er vorüber. Sekunden später waren die beiden Schläger im Schutze der Dunkelheit verschwunden.

Volker kam schnell die wenigen Meter zu dem am Boden liegenden Mann gerannt, erkannte mit einigen Sekunden Verspätung seinen Kollegen und sagte bestürzt: »Um Himmels willen, Herbert, was ist denn mit dir passiert?«

Erst dann entdeckte er die Frau, die weinend und fast völlig nackt auf dem kalten Bürgersteig saß und ihre Arme schützend über ihren Brüsten verschränkt hatte.

»Kannst du die Polizei rufen, Volker, wir sind überfallen worden«, nuschelte Herbert, während er mühsam aufstand und das Sakko, das Volker ihm reichte, seiner Frau über die Schultern hängte.

Dann half er auch ihr beim Aufstehen.

»Schatz, kannst du laufen?«

Mit erstarrtem Blick sah Anita ihren Mann an und nickte dann langsam.

»Ich bring euch erst mal rein«, sagte Volker. »Dann rufe ich die Polizei.«

Als Elvira Ering, die Frau des Firmeninhabers, erst das zerschlagene Gesicht ihres neuen Mitarbeiters und dann seine nur mit dem Sakko bedeckte Frau sah, stieß sie einen Entsetzensschrei aus. Dann fasste sie sich schnell wieder und sagte: »Volker, du kümmerst dich um Herbert, ich nehme Frau Wegmann unter meine Fittiche, und mein Mann verständigt die Polizei.«

Eine halbe Stunde später war nicht nur die Polizei, sondern auch ein Notarzt vor Ort und versorgte die Wunden Herbert Wegmanns. Anita hatte von Elvira Ering, die in etwa die gleiche Kleidergröße hatte, Ersatzkleidung aus dem Firmenspind bekommen und zitterte nun nicht mehr am ganzen Körper. Ihr Gesicht, das kreidebleich gewesen war, bekam nun wieder etwas Farbe.

»Geht es dir wieder etwas besser, mein Schatz?«, fragte Herbert.

»Ja, so langsam. Ich glaube, wir haben noch einmal Glück gehabt. Wer weiß, was noch alles hätte passieren können, wenn dein Kollege nicht nach draußen gekommen wäre.«

»Wir hätten wohl doch besser ein Taxi genommen.«

»Darf ich Sie kurz einzeln vernehmen?«, fragte Kriminalkommissar Rainer Loose freundlich und einfühlsam. Er konnte aber nicht viel mehr tun, als den Überfall zu protokollieren, da Herbert und Anita Wegmann unabhängig voneinander erklärten, niemanden erkannt und auch keine Erklärung für den Überfall zu haben.

Kommissar Loose wollte sich damit nicht zufriedengeben und hakte nach: »Ihnen wurde nichts gestohlen, Sie wurden zusammengeschlagen und Sie, Frau Wegmann, fast vergewaltigt. Einen misslungenen Raubüberfall können wir getrost ausschließen. Wenn Sie irgendetwas wissen und nun aus Angst schweigen, kommen die Täter ungeschoren davon. Das kann doch unmöglich in Ihrem Sinne sein!«

Als die beiden dennoch schwiegen, sagte er: »Gut, wie Sie wollen. Dann werden wir Sie jetzt ins Krankenhaus bringen, damit Ihre Verletzungen behandelt werden und wir versuchen, DNA-Spuren der Täter zu finden. Ein Beamter wird Sie begleiten. Vielleicht überlegen Sie es sich ja noch einmal anders und erklären uns die Hintergründe. Nur so haben wir eine Chance, die Täter zu stellen.«

Während ein Beamter zu den Wegmanns in den Krankenwagen stieg, sagte Eberhard Ering, der ebenfalls herangetreten war, zu seinem Mitarbeiter: »Machen Sie sich keine Sorgen. Lassen Sie sich krankschreiben, und wenn Sie noch etwas mehr Zeit brauchen, können Sie gern auch etwas Urlaub dranhängen. Ihr Arbeitsplatz ist Ihnen derweil sicher.«

Dann wandte er sich seinen fast hundert Gästen zu, die inzwischen alle betroffen und ratlos auf dem Hof standen, und sagte: »Damit ist die Feier zum fünfzigsten Firmenjubiläum beendet. Dass sie so enden könnte, habe ich mir in meinen schlimmsten Albträumen nicht vorstellen können. Wir werden die Feier zu gegebener Zeit nachholen.«

6.

Am Samstagmorgen waren Peter und Stefan kaum in der Lage zu frühstücken, so sehr fieberten sie ihrem Termin mit Herbert Wegmann entgegen.

»Irgendwie ist das sonderbar«, meinte Stefan beim Kaffee. »Ich hätte gedacht, dass das Jagdfieber mit der Zeit nachlässt, aber das Gegenteil ist der Fall; es wird immer schlimmer.«

»Geht mir genauso«, bestätigte Peter und trank seinen Becher aus.

Verena rührte versonnen lächelnd ihren Tee um und murmelte: »Ja, verrückt seid ihr alle beide; jeder auf seine Art.«

Die beiden Detektive taten so, als hätten sie nichts gehört, standen auf und gingen zur Wohnungstür.

»Wir fahren dann«, sagte Stefan und küsste Verena, die ihren Bademantel dank des Babybauchs kaum noch zubekam, zärtlich auf die Stirn.

Während Peter in die Robert-Bunsen-Straße einbog, sagte Stefan: »Es ist erst viertel vor zehn, und der Samstagmorgen ist den meisten Leuten heilig. Sollen wir wirklich schon klingeln?«

»Klar doch.«

Als sie durch die Haustür des älteren, aber gepflegt wirkenden Mietshauses traten, fiel ihnen gleich der leichte Geruch nach Bohnerwachs auf.

»Hier sieht es ganz ordentlich aus«, sagte Stefan anerkennend, während sie die Stufen hinaufstiegen.

Peter klingelte, aber es tat sich nichts.

»Was soll denn das?«, fragte er verwundert. »Wir sind doch angemeldet.«

»Vielleicht ist ihnen etwas dazwischengekommen, und sie mussten weg.«

»Möglich. Ich klingele mal bei den Nachbarn.«

Peter hatte kaum die Hand vom Klingelknopf genommen, da ging die Wohnungstür auf, ein Mann stand vor ihnen und fragte: »Guten Morgen, was wünschen Sie?«

»Mein Name ist Peter Stettner, und wir wollten eigentlich zu Ihren Nachbarn, Herr ...«

»Demirel, Bülent Demirel.«

»Wir sind verabredet. Sind die Wegmanns denn nicht da?«

»Sie müssten eigentlich da sein«, sagte Bülent Demirel und rief über die Schulter zurück: »Ayshe, kommst du mal?«

»Ja, was gibt's denn?«, fragte die junge schwarzhaarige Frau und kam mit nassem Haar aus dem Badezimmer.

Bülent Demirel hatte Stefans verwunderten Blick sofort bemerkt und sagte grinsend: »Wundern Sie sich etwa, dass meine Frau in Ihrer Gegenwart kein Kopftuch trägt? Wir sind eher weltlich eingestellt und bevorzugen den westlichen Lebensstil. Dennoch sind wir gläubige Muslime. Das passt durchaus zusammen, auch wenn viele unserer Landsleute das anders sehen. – Ayshe, sind denn die Wegmanns weggefahren? Die Herren fragen nach ihnen.«

»Wieso denn das? Was wollen Sie von den Wegmanns?«

»Wir sind Privatdetektive und mit Herrn Wegmann verabredet«, sagte Peter und stellte nun auch Stefan vor.

Die ungefähr Dreißigjährige schaute die beiden Besucher prüfend an, dann sagte sie zögernd: »Den Wegmanns muss heute Nacht irgendetwas passiert sein.«

»Wie meinen Sie das?«

»Als ich heute Nacht in der Küche war, hab ich aus dem Fenster geschaut und zufällig beobachtet, dass die beiden aus einem Polizeiwagen gestiegen sind und die Polizisten sie bis zur Haustür begleitet haben.«

»Das ist ja schön, dass ich das auch mal erfahre«, begehrte ihr Mann auf.

»Ich wollte später erst mal rübergehen und fragen, was passiert ist, bevor ich Gerüchte in die Welt setze.«

»Schon gut«, sagte Bülent und fragte die Detektive: »Was wollten Sie denn von den Wegmanns? Wir sind recht gut mit ihnen befreundet.«

»Es geht um Jugendliche, die Marco Wegmann schon mehrfach verprügelt haben«, antwortete Peter. »Mehr können wir Ihnen aus Gründen der Diskretion im Moment nicht sagen.«

»Dass Marco nicht gestürzt war, hatte ich mir bereits gedacht. Außerdem ist der Junge kein Raufbold. Aber Herbert rückt selbst uns gegenüber nicht mit der Sprache heraus. – Ich werde mal mit rübergehen und klingeln; vielleicht öffnen sie dann.«

Nur wenige Sekunden später standen sie erneut vor Herbert Wegmanns Wohnungstür, und es bedurfte noch mehrerer Klingelversuche und der Nachfrage von Bülent Demirel, bis endlich geöffnet wurde.

»Herbert! Was ist denn mit dir passiert?«, fragte der Türke entsetzt, als er in das zerschlagene Gesicht seines Freundes sah.

Auch Peter und Stefan waren schockiert, denn Herbert

Wegmann sah fürchterlich aus. Das rechte Auge war blau und geschlossen, während die linke Augenbraue mit einem riesigen Pflaster versehen war. Eine Wange war dick geschwollen, und dem Mund, der schmerzverzerrt zu lächeln versuchte, fehlten zwei Schneidezähne. Außerdem war die Unterlippe eindeutig medizinisch behandelt worden.

»Guten Morgen«, würgte Herbert Wegmann mehr hervor, als dass er sprach, dann nuschelte er weiter: »Bülent, ich wäre nachher zu euch rübergekommen.« Dann erst nahm er die Detektive wahr, und man hatte den Eindruck, als wollte er im ersten Impuls die Tür wieder schließen, während er unter Schmerzen hervorstieß: »Ich sage nichts – gar nichts.«

»Was ist mit Ihnen geschehen?«, fragte Stefan.

»Wir sind gestern Abend, als wir in Griesheim zum Firmenjubiläum meines Chefs unterwegs waren, überfallen und zusammengeschlagen worden. Aber was mir passiert ist, das ist noch nichts im Vergleich zu dem, was diese Dreckskerle meiner Anita angetan haben.«

»Um Gottes willen, was ist geschehen?«, fragte Peter, und auch die beiden anderen blickten Herbert Wegmann entsetzt an.

»Sie haben versucht, meine Frau zu vergewaltigen. Zum Glück ist es beim Versuch geblieben, da gerade ein Kollege draußen eine rauchen wollte und die Täter überrascht hat. Nicht auszudenken, wenn …«

Peter, Stefan und Bülent schwiegen betreten, und so sprach Herbert Wegmann weiter: »Im Grunde ist alles meine Schuld. Das ist alles nur passiert, weil ich aufgemuckt habe und den üblen Zuständen an dieser Schule entgegentreten wollte.«

»Nein!«, widersprach Bülent. »Das war sehr mutig von

dir. Ich bin erschüttert, dass so etwas auch in Deutschland passieren kann.«

»Das heißt, Sie wollen nun nicht mehr mit uns sprechen?«, hakte Peter nach.

»Ganz gewiss nicht. Das hat doch alles sowieso keinen Zweck mehr. Uns bleiben nur zwei Möglichkeiten: Entweder wegziehen oder mit den Gegebenheiten leben. Der Arzt in der Uni-Klinik hat gemeint, meine Frau solle für drei oder vier Wochen in ein Sanatorium gehen, um sich zu erholen und die Sache aufzuarbeiten, und in der Zwischenzeit könnte ich unseren Umzug organisieren.«

»Okay, dann müssen wir leider ohne Ihre Hilfe zurechtkommen«, sagte Stefan resignierend. »Aber Sie haben natürlich recht, dass Ihre Frau und Ihr Sohn jetzt erst einmal an erster Stelle kommen müssen.«

Kaum war die Wohnungstür hinter Herbert Wegmann ins Schloss gefallen, sagte Bülent Demirel: »Ich kann Herbert nur zu gut verstehen, uns ging es ganz ähnlich. Wir haben früher in Izmir gelebt, und einigen unserer Glaubensbrüder war unser Lebensstil entschieden zu westlich. Dass ich auch noch als Journalist für eine linksliberale Tageszeitung tätig war, brachte das Fass zum Überlaufen. Man hat uns eines Abends aufgelauert und genauso schlimm zugerichtet wie Herbert. Da sind wir nach Deutschland geflohen, wo unsere Eltern viele Jahre gelebt haben. Wir haben uns inzwischen so gut eingelebt, dass wir Deutschland schon fast als unsere zweite Heimat betrachten. Deshalb, und weil uns damals noch nicht einmal die Polizei helfen wollte, mache ich Ihnen folgenden Vorschlag: Ich rede mit Herbert, und falls er sich nicht mehr mit Ihnen treffen will, sagt er mir, was er weiß, und ich werde mich dann mit Ihnen treffen. Wäre das okay?«

Peter und Stefan, die mit dieser Wendung nicht gerechnet hatten, sahen Bülent Demirel dankbar an. »Das wäre super«, sagte Peter. »Hier haben Sie unsere Karte.«

»Detektivbüro ST+W, die Taunus-Ermittler«, las Bülent und sagte: »Ich hab von Ihnen gehört.«

»Hoffentlich nur Gutes«, sagte Stefan grinsend, und Bülent antwortete: »Ja, Sie haben doch vor nun bald drei Jahren diese rechtsradikale Gruppierung zerlegt.«

»Zumindest haben wir mitgeholfen.«

»Sie sind zu bescheiden, das war gute Arbeit.«

»Woher wissen Sie …«

»Ich bin auch heute noch als Journalist tätig«, lächelte Bülent. »Deshalb wünsche ich Ihnen viel Glück. Trocknen Sie diesen Sumpf an der Schule aus.«

Sie waren noch nicht lange nach Kelkheim zurückgekehrt, da trafen auch schon Annika und Sven ein. Peter umarmte die beiden so stürmisch, dass man meinen konnte, er wolle sie nie mehr loslassen.

Als Verena sie alle in Peters Wohnzimmer bat, wo sie schon den Kaffeetisch gedeckt hatte, begann ein schöner Nachmittag, der viel zu schnell verging. Zumal es Peter und Stefan schafften, kein Wort über die Arbeit zu verlieren.

Dann war es ausgerechnet Annika, die, nachdem Sven zu Bett gegangen war, davon anfing: »Ich habe gehört, dass eure Buchführung eine ordnende Hand vertragen könnte?«

»Eine wird da kaum reichen«, meinte Peter. Stefan stieß ihm freundschaftlich in die Seite und sagte: »So schlimm ist es auch wieder nicht, aber wir kommen vor lauter Papierkram kaum noch zum Ermitteln. Wie ist es sonst zu erklären, dass wir in unserem aktuellen Fall nach geschlagenen vier Tagen noch keinen Schritt weitergekommen sind?«

»Das kann ich euch erklären«, sagte Verena grinsend. »Wenn ihr alle Nase lang in irgendeine Gaststätte rennt, braucht ihr euch nicht zu wundern. Entweder seid ihr beim Chinesen, beim Griechen, oder ihr macht ein Frühstücksbuffet nieder.«

»Frühstücksbuffet, wie kommst du darauf?«, fragte Peter.

»Da wart ihr doch erst gestern, als ihr in Höchst ermittelt habt, stimmt's?«

»Woher weißt du das schon wieder?«, fragte Stefan verblüfft. »Spionierst du uns nach?«

»Da hätte ich aber viel zu tun. Nein, eine Freundin von mir war auch in dem Lokal, die hat es mir erzählt.«

»Verdammt, man kann sich nirgends mehr blicken lassen«, sagte Stefan gespielt resigniert, aber Peter lenkte ab: »Nein, es hat andere Gründe, dass wir nicht vorankommen.«

»Da bin ich aber gespannt«, sagte Annika schmunzelnd. »Erzähl mal – auch wenn ich glaube, dass es im Grunde nur Verenas kluge Ratschläge sind, die euch fehlen, seit sie nicht mehr mit ermitteln.«

»Das auch«, gab Peter umstandslos zu. »Aber der Fall entwickelt inzwischen auch eine Dramatik, die kaum noch zu überbieten ist.«

»Was hat denn das Gespräch mit dem Vater des Jungen ergeben?«, fragte Verena. »Ihr habt noch gar nichts erzählt.«

»Weil es nichts zu erzählen gibt. Der Mann packt nicht mehr aus.«

»Worum geht es eigentlich?«, fragte Annika.

»Oberflächlich um Gewalt unter Schülern an einer Schule in Höchst.«

»Das ist ein wichtiges Thema, dessen man sich annehmen muss. Aber dass da gleich Detektive ranmüssen, schießt man da nicht mit Kanonen auf Spatzen?«

»Wenn es nur um Mobbing oder fünf erpresste Euro gehen würde, hättest du recht, aber so einfach liegt der Fall hier nicht. Es ist Rauschgift im Spiel.«

»Soll das etwa heißen …«

»Klar, das Rauschgift kommt von außen. Meinst du vielleicht, die Kinder bauen es im Blumenkasten auf dem Balkon an oder betreiben eine Drogenküche im Hobbyraum? Diejenigen, die das Zeug von außen einführen, sind allem Anschein nach keine kleinen Lichter.«

»Woraus schließt du das?«

»Nicht nur unter den Kindern besteht eine enorme Gewaltbereitschaft. Die Eltern, die heute Morgen auspacken wollten, sind gestern Abend überfallen und übel zugerichtet worden. Die Frau wäre vermutlich sogar vergewaltigt worden, wenn nicht jemand dazugekommen wäre. Ich bin der Meinung, das waren knallharte Profis.«

»Was!«, rief Annika aus, und Verena fragte: »Wo ist das passiert?«

»In Frankfurt-Griesheim, in der Nähe von Herrn Wegmanns Arbeitsplatz. Die beiden wollten zu einer Betriebsfeier.«

»Woher wussten die Angreifer das?«

»Sie könnten die Wegmanns verfolgt haben.«

»Das zeugt wirklich von Abgebrühtheit, wenn die sich im Hintergrund gehalten haben, bis die Gelegenheit günstig war. Und von diesem Vergewaltigungsversuch fühle ich mich als Frau persönlich beleidigt, das sollen die büßen«, rief Annika scharf, und Verena stimmte ihr zu.

Peter schien der Tatendrang der beiden nicht unrecht zu sein: »Vier Gehirne haben doppelt so viele gute Ideen wie zwei. Los, helft mit, vielleicht habt ja ihr den einen zündenden Gedanken.«

Nachdem er auch noch den Rest erzählt hatte, sagte Verena: »Vielleicht solltet ihr euch mal mit Hauptkommissar Hundt kurzschließen. Der ist bestimmt für jeden Hinweis dankbar, denn Wegmann wird der Polizei bestimmt nicht auf die Nase binden, was passiert ist. Vielleicht ist Hundt ja im Gegenzug die ein oder andere wertvolle Info zu entlocken.«

»Hervorragende Idee«, lobte Stefan seine Verlobte, »das werden wir gleich am Montag in die Wege leiten. Was meinst du, Peter?«

»Ja, vielleicht kommen wir in diesem speziellen Fall tatsächlich nur weiter, wenn wir unser Wissen zusammenwerfen. Allerdings nur bröckchenweise. Alles braucht Hundt auch nicht zu wissen.«

»Und wenn er auch so denkt, könnt ihr es euch gleich schenken«, tadelte Verena.

»Wir müssen eben erst einmal austesten, wie kooperativ sich Hundt … «, begann Peter und wurde von Annika unterbrochen: »Moment mal, ich hab da eine Idee. Berichtigt bitte, wenn ich mich irre, aber ist es nicht so, dass Alkoholiker ein bisschen wie Junkies sind?«

»Worauf willst du hinaus?«

»Na ja, süchtig nach dem Zeug eben. Ihnen ist doch in der Regel egal, woher die nächste Pulle kommt.«

»Stimmt schon, aber ich verstehe immer noch nicht.«

»Der Vater dieses Lukas ist doch Alkoholiker. Könnte es nicht sein, dass er von seinem Sohn eingespannt wird?«

»Mit was?«

»Mensch, so langsam bist du doch sonst nicht. Wäre es nicht möglich, dass dieser Lukas seinen Vater für eine Pulle Schnaps oder einen Zwanziger zu Botengängen rausschickt?«

»Du meinst, er holt das Zeug für seinen Sohn ab, ohne zu ahnen, was er transportiert?«

»Vielleicht ahnt er es ja, sagt aber nichts dazu, weil er um seine nächste Alkoholration fürchtet.«

»Mensch, Annika«, sagte Stefan verblüfft, »da könnte was dran sein.«

Peter war mit einem Mal wieder hellwach: »Stimmt, Lukas war den ganzen Nachmittag zu Hause, aber sein Vater war bestimmt für drei Stunden unterwegs. Wir hatten wohl nicht genug berücksichtigt, wie leicht manipulierbar der Mann als Alkoholiker ist. Wenn der das nächste Mal loszieht, hängen wir uns an ihn dran. Annika, du bist wertvoller als ein Goldschatz.«

»Ja, wenn wir unsere Frauen nicht hätten«, sagte Stefan außergewöhnlich friedfertig und fragte: »Wollen wir gleich jetzt mit Hundt telefonieren?«

»Nein, das machen wir morgen. Und am Montag ist der alte Aderholt dran. Jetzt geh ich mit Annika zu Bett, schließlich wollen wir noch etwas von der Nacht haben.«

»Wir fahren auch heim. Unternehmen wir morgen etwas zusammen?«

»Annika, Sven und ich fahren morgen ins Senckenberg-Museum nach Frankfurt, Dinos und Neandertaler angucken. Wir werden gegen achtzehn Uhr wieder hier sein, dann rufen wir Hundt an. Habt ihr Lust, hinterher mit uns essen zu gehen?«

Stefan und Verena blieben am nächsten Morgen lange im Bett liegen und kuschelten so zärtlich wie schon lange nicht mehr. Als sie endlich unter der Decke hervorkrochen, war es nach elf. Sie verbrachten den Tag, der vom Wetter her ohnehin nicht zum Ausgehen taugte, mit einem guten

Buch, und als es kurz vor sechs war, fuhren sie zu Peter. Verena hatte ihren Wagen noch nicht richtig vor dem Haus eingeparkt, da kam er mit Annika und Sven auch schon von ihrem Ausflug ins Museum zurück. Sie begrüßten sich kurz, dann gingen Stefan und Peter ins Arbeitszimmer, um Kommissar Hundt anzurufen.

Sie hatten Glück, denn Hauptkommissar Hundt hatte an diesem Tag Dienst, und so hörten sie wenige Augenblicke später die ihnen noch allzu gut bekannte Stimme des Beamten.

Peter stellte sich vor und fügte hinzu: »Ich weiß nicht, ob Sie sich noch an uns erinnern.«

»Aber natürlich. Da Sie mich im Präsidium anrufen, nehme ich an, dass es um etwas Dienstliches geht, richtig?«

»Absolut. Es geht um Ihr neues Fachgebiet – Gewalt an Schulen. Ich ermittle mit meinem Partner in einem Fall an der Paul-Oberhoff-Schule in Frankfurt-Höchst.«

»Ja, das ist eine von fünf Problemschulen in Frankfurt«, rutschte es dem Kommissar heraus, und etwas distanzierter ergänzte er: »Die Vorfälle dort sind uns bekannt.«

»Die Lehrer dort sind alles andere als kooperativ.«

»Ach, Sie haben diese Schwierigkeiten auch«, sagte Jakob Hundt, und Peter meinte schon fast seine Erleichterung zu spüren.

»Ja, es ist wie eine Mauer des Schweigens. Gestern hätten wir sie beinahe durchdrungen.«

»Beinahe?«

»Ja, denn ein betroffenes Elternpaar wollte reden.«

»Und jetzt wollen sie nicht mehr? Wurden sie unter Druck gesetzt?«

»Ja, und zwar mit massiver Gewalt.«

»Ich komme heute noch mit Kollege Jäger zu Ihnen. Dazu muss ich Genaueres erfahren. Sind Sie zu Hause?«

»Hat Jäger auch Dienst?«

»Bereitschaft.«

»Brauchen wir ihn dazu?«

»Im Grunde nicht, aber er braucht etwas Anschauungs-unterricht, wie man Informanten befragt. Da kann er noch eine Menge lernen«, sagte Hundt so gehässig, dass selbst Stefan, der das Gespräch über den Lautsprecher mithörte, für den Bruchteil einer Sekunde Mitleid bekam, bevor er sich daran erinnerte, wie übel Jäger ihn vor einigen Jahren behandelt hatte.[3]

»Wir sind heute Abend mit unseren Familien bei unse-rem Stammitaliener in der Frankfurter Straße. Kommen Sie doch einfach dort hin«, sagte Peter und merkte nicht, wie Stefan das Gesicht zu einer Grimasse verzog.

»Wie finde ich das Lokal?«

»Wenn Sie von Süden her kommen, fahren Sie durch die Frankfurter Straße bis etwa hundert Meter vor der Kurve. Da sehen Sie das Lokal dann schon auf der rechten Seite.«

Nachdem das Gespräch beendet war, gingen Peter und Stefan zu den anderen ins Wohnzimmer.

»Ratet mal, wer uns gleich in der Pizzeria besuchen kommt«, sagte Peter.

»Wer denn?«, fragte Sven, der sich den Besuch der Pizzeria gewünscht hatte und sich schon ganz besonders darauf freute.

»Der Hundt, und er bringt seinen Jäger mit.«

»Vielleicht sollte ich lieber gleich zu Hause bleiben«, sagte Stefan mürrisch, aber Verena warf ihm dafür einen stra-fenden Blick zu und sagte leise: »Das kannst du Sven nicht antun, er freut sich schon so lange darauf, endlich mal wie-der etwas mit uns allen zu unternehmen.«

---

[3]   Vgl. Die Taunus-Ermittler Band 1- Steinige Wege

»Ist ja schon gut. Aber ich habe herzlich wenig Lust, mich erneut von dem Typen beleidigen zu lassen.«

»Das brauchst du, glaube ich, nicht zu fürchten«, sagte Peter. »Der steht bei seinem neuen Chef ganz schön unter Druck.«

Wenige Minuten später brachen sie zu Fuß auf, denn es stand nicht zu erwarten, dass der Lambrusco an diesem Abend in der Flasche bleiben würde. Unterwegs entwickelte sich zwischen Peter und Stefan eine hitzige Debatte darüber, wie viel sie von ihren Erkenntnissen preisgeben durften. Schließlich kamen sie überein, nichts von ihrer Theorie zu sagen, dass Lukas seinen Vater eventuell als Drogenkurier missbrauchte.

Peter riss die Eingangstür auf und stürmte die wenigen Stufen nach oben in den Gastraum. Dort steuerte er direkt auf den großen, mit einem *Reserviert*-Schild versehenen Tisch zu und ließ sich auf den erstbesten Stuhl fallen.

»Was ist, bist du schon müde?«, fragte Annika.

»Es war ein harter Tag.«

»Wie bitte? Das war doch Privatvergnügen.«

»Euch durchs Museum zu zerren ist schlimmer als drei Tage Arbeit«, antwortete Peter grinsend, und Sven fügte hinzu: »Den Dinos hat es jedenfalls gefallen.«

»Was?«

»Dass du sie so angestarrt hast.«

Prompt begann Verena zu kichern und steckte die ganze Tischrunde an, und bald hatten alle verdrängt, dass noch ein Arbeitsbesuch erwartet wurde.

Es dauerte aber nicht allzu lange, bis sich die Eingangstür öffnete und die beiden Kommissare die Treppe hinaufkamen.

»Guten Tag«, sagte Hauptkommissar Hundt und wollte

direkt auf den Tisch zusteuern, als die Wirtin ihm entgegentrat und ihn ansprach: »Es tut mir leid, meine Herren, aber im Moment sind alle Plätze besetzt. Wenn Sie vielleicht in einer halben Stunde noch einmal wiederkommen würden?«

Bevor Hundt antworten konnte, zückte Jäger seine Dienstmarke und hielt sie der verblüfften Wirtin unter die Nase, die sofort einige Schritte zurückwich.

Hundt, den das Verhalten seines Untergebenen ärgerte, trat schnell zum Tisch der beiden Familien, wünschte »Guten Appetit« und besetzte den letzten freien Stuhl.

Jäger, der nur zwei Schritte langsamer war, musste neben ihm stehen bleiben.

Dabei machte er ein säuerliches Gesicht, und man sah ihm förmlich an, dass er dachte: Na warte, das zahle ich dir heim.

Dann wandte er sich dem Nebentisch zu und fragte für seine Verhältnisse sehr friedlich: »Ist dieser Stuhl noch frei?«

»Nein, mein Herr, meine Frau kommt gleich wieder«, sagte der bärtige Mittfünfziger und blickte von seiner Pizza auf.

Jäger gab sich geschlagen, stellte sich wieder neben seinen Vorgesetzten und sah Stefan feindselig an.

Hundt entging der eisige Blick seines Untergebenen nicht. »Ich schlage vor, wir lassen die Leute erst mal fertig essen«, sagte er.

Was sind denn das für neue Sitten, dachte Jäger, wann darf ich im Dienst mal in Ruhe essen? Ständig ruft Hundt an und will etwas von mir. Laut sagte er aber: »Dass Sie, Herr Weimershaus, da auch mit drinhängen, hätte ich mir eigentlich denken können. Damals konnten wir Sie nicht überführen, aber jetzt sind Sie fällig.«

Noch bevor Peter Stefan zu Hilfe kommen konnte, sagte Hundt: »Jäger, nicht mal hier im Lokal können Sie sich benehmen. Es reicht gerade, dass Sie im Präsidium grundlos die Kollegen fertigmachen. Sie können gern draußen im Auto warten, denn dafür habe ich Sie nicht mitgenommen.«

Peter, der wie die meisten anderen am Tisch gerade mit dem Essen fertiggeworden war, fragte den Kommissar: »Herr Hundt, wollen Sie nicht auch etwas essen?«

»Vielleicht später. Aber erzählen Sie mal, wie sind Sie denn an diesen Fall geraten?«

»Durch Dr. Pfannmöller.«

»Das hätte ich mir denken können. Seit Sie mit diesem Anwalt zusammenarbeiten, hat sich Ihre Detektei nicht nur einen exzellenten Ruf erworben, sondern ist auch an die spektakulärsten Fälle herangekommen.«

»Zu dem Ruf will ich nichts sagen«, begann Peter, »dafür sind andere zuständig. Aber an unsere spektakulären Fälle sind wir in der Regel nicht über Herrn Pfannmöller gekommen. Weder im Fall des Serienmörders aus Schmitten noch bei den Neonazis vor zweieinhalb Jahren. Durch diese Ermittlungen haben wir den Anwalt sogar erst kennengelernt. Lediglich diesen Fall, der sich zu etwas weit Größerem als vermutet auswachsen könnte, hat uns Dr. Pfannmöller angetragen.«

»Entschuldigen Sie, ich hatte nicht die Absicht, Ihnen zu nahe zu treten«, versicherte Hundt, und Jäger verdrehte genervt die Augen, denn sein Vorgesetzter ging für seinen Geschmack viel zu zaghaft vor.

Aber auch Peter, der jede Konfrontation vermeiden wollte, sagte: »Schon gut«, und berichtete in den nächsten Minuten leicht modifiziert und mit ein paar Auslassungen, welche Erkenntnisse sie in den letzten Tagen errungen hatten. Als er fertig war, schloss er mit einer Frage: »Herr Hundt, Sie sind der Chef dieser Abteilung?«

»Ja, und Kommissar Jäger ist mein zweiter Mann. Damit kennen Sie bereits ein Drittel meines Dezernats, und genau darin liegt unser wunder Punkt. Um die ganz alltäglichen Fälle von Mobbing oder Diebstahl unter Schülern, wie sie fast an jeder zweiten Schule vorkommen, zu bearbeiten, fehlt uns schlichtweg das Personal. Wir sind ja bereits restlos damit überfordert, unsere fünf großen Problemfälle im Auge zu behalten. Dabei handelt es sich ausnahmslos um riesige Schulkomplexe mit mehreren Zweigen, in oder am Rand von sogenannten Problemvierteln. Beim Gallus- und beim Gutleutviertel habe ich es nicht anders erwartet, aber in Bornheim und Niederrad hat es mich ehrlich gesagt etwas überrascht. Selbst in diesen Stadtteilen gibt es Quartiere, in denen Armut und Arbeitslosigkeit regieren. Sogar in Höchst geht es noch immer abwärts, obwohl die Stadt seit einigen Jahren massiv entgegenzusteuern versucht. Die Talsohle ist, so fürchte ich, noch nicht erreicht.«

»Wem sagen Sie das. Es tut weh zu sehen, was aus diesem ehemals schönen Stadtteil geworden ist. Schon allein der Bahnhof, die Verkehrsdrehscheibe des Frankfurter Westens, ist zu einem Schandfleck verkommen. Von so mancher Bausünde rund um den Marktplatz oder der Verödung der Fußgängerzone in der Königsteiner Straße ganz zu schweigen.«

»Genau. Wer es sich leisten kann, zieht weg, und die, die bleiben müssen, werden immer frustrierter, weil sie annehmen müssen, sie wären den Herren im Rathaus egal. Kein Wunder, dass sich die Spirale der Gewalt immer schneller dreht. Bei unserer Personalnot können wir jedenfalls unmöglich ständig zu zweit vor Ort in den Schulen sein.

Was meinen Sie wohl, warum wir nicht ernst genommen werden und uns niemand etwas sagt?«

»Die Polizei hat es da bestimmt noch schwerer als wir Detektive«, schob Stefan schnell ein, um den Kommissar in seiner redseligen Stimmung zu halten. Jäger verdrehte die Augen, da ihm die, wie er es insgeheim nannte, unprofessionelle Geschwätzigkeit seines Vorgesetzten auf die Nerven ging.

»Auch wenn wir kaum Namen kennen«, fuhr Hundt fort, »haben wir doch eine ungefähre Vorstellung vom Aufbau des Ganzen. Es hat den Anschein, als ob hier organisierte Kri…«

»Chef!«, rief Jäger vorwurfsvoll. Es grenzte an ein Wunder, dass dieses Wort über seine Lippen kam.

Er wurde aber sogleich von Hundt zum Schweigen gebracht, der ihn anfuhr: »Seien Sie doch mal still, jetzt rede ich.«

»An organisierte Kriminalität haben wir auch schon gedacht«, stimmte Peter ungerührt zu.

»Wir wissen es sogar«, sagte Hundt. »Allerdings haben wir noch keinerlei Erkenntnisse über den hierarchischen Aufbau dieser Organisation gewinnen können. Lediglich die unterste Stufe an der Paul-Oberhoff-Schule, also die noch nicht strafmündigen Kinder, die andere mobben, erpressen und bestehlen, sind uns bekannt. Dazu ist es die einzige Schule, an der wir überhaupt etwas Einblick gewinnen konnten. Deshalb bin ich hellhörig geworden, als Sie gerade diese Schule erwähnten. Wir wissen aber lediglich, dass es über den ganz Kleinen der vierten bis sechsten Klassen eine weitere Gruppe Schüler zwischen vierzehn und fünfzehn Jahren geben muss, die wiederum von mindestens einer Gruppe junger Männer, laut Gerüchten kaum älter als zwanzig, geführt wird. Und diese stellen, so wie wir es sehen, das Bindeglied zur eigentlichen Unterwelt dar. Über ihnen gibt es noch eine, vielleicht auch zwei Ebenen, bevor sich ihre Spur endgültig im Frankfurter Rotlichtmilieu verliert. Alles, was oberhalb der zweiten Schülergruppe angesiedelt ist, liegt aber fast völlig im Nebel.«

»Rotlichtmilieu«, sagte Peter, ehrlich erstaunt, »das war mir neu.«

»Wir kommen in dieser Angelegenheit nicht so recht weiter, zumal uns die Kollegen vom OK ein bisschen von oben herab behandeln und nicht wirklich ernst nehmen.« Hundt hielt kurz inne. »Ich war jetzt sehr offen zu Ihnen. Wenn Sie irgendetwas wissen, sagen Sie es mir bitte. Das Einzige, was wir noch haben, ist der Vorname des Anführers auf der Ebene der Vierzehnjährigen in Höchst. Der Junge heißt Lukas, aber wir wissen nicht einmal, welchen Schulzweig er besucht. Immerhin gibt es diesen Namen vierzehn Mal in den Klassen der Schuljahre acht bis zehn. Fünf dieser Jungen wären vom Elternhaus her …«

»Ich denke, da kann ich Ihnen weiterhelfen«, sagte Peter grinsend, »der Junge heißt Lukas Aderholt und absolviert gerade mit mäßigem Erfolg zum zweiten Mal die achte Klasse der Hauptschule.«

»Donnerwetter! Wie haben Sie denn das herausbekommen? Den Jungen hatte ich nur bedingt auf der Rechnung. Sein Vater ist zwar ein arbeitsloser Alkoholiker, aber in keiner Weise kriminell. Soweit wir wissen, schlägt er auch seinen Sohn nicht. Das ist bei einigen Schülern ganz anders.«

»Ich habe sogar noch etwas für Sie«, sagte Peter, ohne auf Hundts Frage einzugehen.

»Noch ein Name?«

»Das auch, und es dürfte für Sie von großem Interesse sein.«

Dann erzählte Peter von ihrer Begegnung mit Herbert Wegmann und was ihm widerfahren war. Er schloss mit den Worten: »Wussten Sie schon, dass Marco Wegmann auf die Paul-Oberhoff-Schule geht?«

»Das heißt, es gibt da einen Zusammenhang?«

»Auf jeden Fall. Aber es dürfte schwierig werden, den Mann jetzt noch zum Reden zu bringen. Sie haben da etwas mehr Möglichkeiten als wir. Aber bitte sagen Sie ihm nicht, dass Sie diesen Tipp von uns haben.«

»Okay, ich lasse Ihre Namen aus dem Spiel.«

»Herr Hundt, dürfte ich Ihnen noch eine Frage …«, meldete sich Stefan zu Wort, und Jäger fuhr sogleich ungehalten dazwischen: »Die Fragen stellen wir, ist das klar?«

»Jäger, seien Sie doch etwas freundlicher zu den beiden Detektiven. Sie haben uns schließlich wertvolle Tipps geliefert. – Was wollen Sie denn wissen, Herr Weimershaus?«

»Wie haben Sie denn herausgefunden, welche Strukturen in diesem kriminellen Sumpf herrschen?«

»Ha, ha, ausgerechnet Sie sprechen von …«, begann Jäger erneut, aber Hundt fuhr ihm in die Parade: »Verdammt noch mal, halten Sie doch einfach den Mund, wenn Sie nichts Sinnvolles beizutragen haben.« Dann wandte er sich Stefan zu: »Vor wenigen Wochen haben Kollegen von uns einen jungen Mann um die zwanzig beim Autodiebstahl erwischt und festgenommen. Der Haftrichter ordnete wegen Fluchtgefahr Untersuchungshaft an, was den Jungen ziemlich verstörte. Er saß noch nicht lange, da machte er ein paar Andeutungen zu der Schulsache, um sich interessant zu machen. Als man ihn dazu vernehmen wollte, erklärte er, er würde erst Angaben dazu machen, wenn sein Anwalt einen Deal mit dem Staatsanwalt ausgehandelt hätte. Der Gute hat wohl zu viele amerikanische Krimis gesehen, denn so etwas gibt es bei uns nur in absoluten Ausnahmefällen. Doch noch bevor ihn jemand über seinen Irrtum aufklären konnte, geschah etwas, was ihn gänzlich verstummen ließ. Er wurde noch am selben Abend in der Haftanstalt niedergestochen und hat diese Attacke nur mit sehr viel Glück überlebt. Seitdem schweigt er eisern. So – wollten Sie sonst noch etwas wissen?«

»Der Verhaftete ist etwa zwanzig Jahre alt, sagen Sie?«

»So in etwa. Kennen Sie am Ende jemanden, der mit dieser Tat in Verbindung stehen könnte?«

»Das nicht«, sagte Peter, »aber da wir weiter im Umfeld der Paul-Oberhoff-Schule ermitteln werden, ist es sinnvoll zu wissen, auf wen wir achten müssen. Das war's dann von unserer Seite. Ich hoffe, Sie waren mit den Informationen, die wir liefern konnten, zufrieden.«

»Ich schon, Jäger wohl nicht, aber das ist er ja nie«, sagte Hundt lachend. »Wenn neue Erkenntnisse auftauchen, setzen wir uns erneut zusammen, ist das in Ordnung für Sie?«

»Klar, machen wir.«

Hundt verabschiedete sich von jedem persönlich, Jäger dagegen nickte nur grimmig in die Runde, bevor er dem Hauptkommissar brav hinterhertrottete.

Nachdem die Polizisten verschwunden waren, trat die Chefin des Lokals an den Tisch und fragte: »Was wollten die denn von Ihnen?«

»Nichts Schlimmes. Sie wissen doch sicher, dass wir Detektive sind, oder?«

»Ja, ich hab da schon so einiges gehört. Ihr Büro ist doch im unteren Teil der Frankfurter Straße, kurz vor der Stadtteilgrenze zu Münster.«

»Genau. Wir arbeiten zurzeit am gleichen Fall wie die Kommissare und hatten wichtige Informationen für sie.«

»Der eine war aber nicht sehr zufrieden; zumindest sah er so aus«, sagte die Wirtin skeptisch.

»Ja, der hätte uns am liebsten vom Tisch weg verhaftet. Er kann uns nicht leiden.«

»Geht das hier in Deutschland so schnell?«

»Keineswegs, aber er war früher Leiter eines Dezernats und ist degradiert worden. Nun muss er unter seinem früheren zweiten Mann arbeiten. Dafür gibt er der ganzen Welt die Schuld, nur nicht sich selbst. – Könnten wir bitte noch vier doppelte Espressi bekommen?«

7.

Am nächsten Morgen ging es Verena nicht so gut, denn die beiden Babys in ihrem Bauch strampelten heftig. Deshalb verließ Stefan erst gegen zehn die Wohnung, um zu Peter hinüber in die Hauptstraße zu fahren. Annika war mit ihrem Sohn schon längst wieder in Darmstadt, und so konnten die beiden in aller Ruhe besprechen, wie sie weiter vorgehen wollten.

»Wir sollten das Haus, in dem Lukas mit seinem Vater wohnt, weiterhin im Auge behalten und uns dem alten Aderholt an die Fersen hängen, wenn er das nächste Mal weggeht. Ich nehme zur Sicherheit meine Pistole mit, man kann ja nie wissen.«

»Das ist wohl besser so, ja. Wenn ich an die arme Frau Wegmann denke ...«, sagte Stefan, und Peter fügte grimmig hinzu: »Schon allein deshalb sollten wir diese Mistkerle schnellstens aus dem Verkehr ziehen.«

Ein Blick zur Wanduhr verriet ihnen, dass es Zeit wurde aufzubrechen.

»Ob wir heute Glück haben?«, fragte Stefan.

»Wir müssen es auf jeden Fall probieren. Ich schätze, Lukas Aderholt hortet keine allzu großen Mengen dieser Tabletten zu Hause. Wie sollte er seinen schwunghaften Handel mit Betäubungs- und Aufputschmitteln sonst geheim halten? Wenn wir seine Kontaktleute heute nicht erwischen, dann eben morgen oder übermorgen. Viel länger dauert es bestimmt nicht, das kannst du ruhig glauben.«

Peter nahm seinen Autoschlüssel vom Schlüsselbrett und ging mit Stefan in den Hof hinaus, wo neben seinem alten Diesel sein neuer Wagen stand. Die metallic-beigefarbene, fast schon ins Goldene übergehende Farbe glänzte im Licht des Vormittags und stand dem Wagen wirklich gut.

Auf der Fahrt schwiegen beide eine Weile, bis Stefan plötzlich fragte: »Was machst du eigentlich mit deinem alten Wagen? Wenn er nicht zu teuer ist, könnte ich ihn dir doch abkaufen?«

Stefans alter Astra hatte seit Kurzem einen Motorschaden.

»Abkaufen? Ich schenk ihn dir! Du hast es im Moment nicht allzu dicke, und ihr bekommt bald Nachwuchs. Mein Diesel ist zwar schon fast neun Jahre alt und hat gute hunderttausend drauf, aber er läuft wie ein Uhrwerk. Übrigens hat mich Papa auf diese Idee gebracht.«

»Donnerwetter, dein alter Herr ist wirklich in Ordnung! Wie geht es ihm übrigens?«

»Ach, dem geht's prima. Wir sollen demnächst mal wieder alle zum Mittagessen nach Hattersheim kommen.«

»Da freu ich mich schon drauf. Aber zurück zu unserem Fall – willst du Lukas' Vater wirklich rund um die Uhr beschatten?«

Während Peter vor dem verfallenen Mietshaus einparkte, antwortete er: »Im Prinzip schon, aber ich hoffe nicht, dass wir das allzu lange tun müssen. So kommen wir am schnellsten an die Hintermänner heran. Außerdem brauchen wir uns erst nachmittags, wenn Lukas aus der Schule kommt, auf die Lauer zu legen.«

»Wieso denn das?«

»Weil er am späten Nachmittag seinen Vater losschickt, wenn er Nachschub braucht.«

»Aber was ist, wenn der Junge schlau ist und das Ganze entzerrt?«

»Entzerrt? Wie meinst du das?«

»Dass er nicht wartet, bis er keine Pillen mehr hat, sondern seinen Vater schon tags zuvor losschickt.«

»Da könnte was dran sein. Am Ende sogar, während Lukas in der Schule ist. Umso schwieriger wäre es für Außenstehende, einen Zusammenhang zu sehen.«

»Ja, und außerdem muss Lukas vielleicht vorausplanen. Schließlich stehen seine Lieferanten nicht in den Startlöchern, um zu liefern, wenn ein Halbwüchsiger pfeift.«

»Du bist echt gut. Mach weiter so, und ich setz mich zur Ruhe. Dennoch hat deine Theorie einen Haken.«

»Und der wäre?«

»Der Alte geht weder in den Supermarkt, holt sich eine Flasche Wodka und zieht den Deal quasi nebenbei durch, noch wickelt er das Ganze im Stadtpark ab. Denn dann müssten wir voraussetzen, dass er um die Illegalität seines Tuns weiß.«

»Du meinst also immer noch, er ist nicht eingeweiht?«

»Ja, zumindest nicht, worum es wirklich geht. Das wird sein Sohn ihm bestimmt nicht auf die Nase binden. Das könnte in mancherlei Hinsicht gewaltig schiefgehen.«

»Stimmt schon. Aber du würdest dich wundern, wie viele Kneipen es gibt, die morgens um neun schon offen haben. Da kann man das ganz offiziell …«

Weiter kam Stefan nicht, denn in diesem Augenblick kam Lukas' Vater aus der Haustür und ging leicht schwankend in Richtung des Höchster Stadtkerns. Die beiden Detektive sprangen flink aus dem Auto und folgten ihm mit einigen

Metern Abstand. Weit brauchten sie allerdings nicht zu gehen, denn kaum hundert Meter weiter blieb Wilfried Aderholt an einer Trinkhalle stehen, ließ sich ein Bier geben und schüttete es in einem Zug die Kehle hinunter. Stefan blieb etwas zurück und beobachtete die Szene aus geringer Entfernung, während Peter sich neben den Mann an die Theke stellte. Aderholt packte gerade einige Flaschen Schnaps in eine zerknautschte Tüte, die er aus der Hosentasche zog. Er bezahlte, wie selbst aus der Entfernung unschwer zu erkennen war, mit einer Handvoll Kleingeld.

Was das bedeutete, ließ sich leicht ausrechnen: An diesem Tag würde sich voraussichtlich nichts mehr tun.

Tatsächlich trat Wilfried Aderholt bereits wenige Sekunden später den Heimweg an, ohne mit irgendjemandem außer dem Trinkhallenbetreiber gesprochen zu haben.

»Ich denke, wir können Feierabend machen«, sagte Peter denn auch prompt zu Stefan, als er bei ihm angekommen war.

Stefan nickte. »Am Kiosk hat auf jeden Fall kein Deal stattgefunden.«

»Darum sollten wir jetzt heimfahren.«

Da es inzwischen achtzehn Uhr war, setzte Peter Stefan gleich vor dessen Haustür ab. »Morgen früh hole ich dich um viertel nach sieben ab.«

»So früh schon?«

»Wie du selbst gesagt hast, müssen wir dort sein, ehe Lukas das Haus verlässt. Vielleicht geht sein Vater ja gleich mit raus.«

»Okay, dann komm am besten schon um sieben. Sicher ist sicher.«

Als Peter weggefahren war, ging Stefan ins Haus und wurde von Verena mit einem leidenschaftlichen Kuss begrüßt.

»Weißt du, was ich jetzt gern möchte?«, fragte Stefan als er wieder Luft bekam.

»Ich kann es mir denken, aber mit meinem dicken Bauch ist das zurzeit kein Hochgenuss.«

»Da hast du dich vertan, mein Schatz, denn ich brauche erst mal was Vernünftiges zum Essen und dann ein gemütliches warmes Bett.«

»So früh?«

»Es muss ja nicht immer Mitternacht werden. Außerdem können wir dann noch ein bisschen kuscheln.«

»Einen Kuschelabend, so etwas hatten wir seit meiner Entführung nicht mehr«

»Dann wird es höchste Zeit.«

Erst jetzt sah Stefan, dass Verena Tränen in den Augen hatte.

»Was hast du denn?«

»Ach, ich war heute Nachmittag kurz eingeschlafen und habe schlecht geträumt. Und da ist alles wieder hochgekommen.«

»In einem halben Jahr steckt das keiner weg«, sagte Stefan tröstend, »du musst dir nur Zeit lassen und dich nicht unter Druck setzen. Dann wird das wieder.«

»Das weiß ich doch, aber es geht halt so quälend langsam.«

Am nächsten Morgen, es war ein Dienstag und schon der siebte Tag ihrer Ermittlungen, hätte Stefan den Wecker beinahe überhört. Als er endlich aus dem Bett kam, war es fast sieben. Er hatte gerade seine Winterjacke vom Haken gerissen und Verena noch schnell einen flüchtigen Kuss auf die Wange gedrückt, da klingelte Peter auch schon.

»Ach du meine Güte, Stefan, du siehst aus, als ob du durchgefeiert hättest.«

»Das nicht gerade. Eher durchgequatscht.«

»So nennt man das heutzutage«, brummte Peter unwirsch.

Stefan deutete den Gemütszustand seines Freundes und Kollegen richtig. »Du träumst von Annika, stimmt's?«

»Halt die Klappe und steig endlich ein, wir sind spät dran.«

Doch auf der Fahrt dachte Peter sehnsüchtig an Annika und daran, wie schön es werden würde, wenn sie erst bei ihm eingezogen war.

An diesem Morgen waren die Ampeln gnädig, und so schaffte es Peter in Rekordzeit nach Höchst und parkte nur zehn Minuten später in der Kasinostraße ein. Sie standen schräg gegenüber dem Haus, in dem Lukas und sein Vater lebten. Ein Lieferwagen verdeckte ihnen teilweise die Sicht, aber dafür waren sie auch nicht so einfach zu entdecken.

»Ob wir heute wohl mehr erfahren?«, fragte Stefan.

»Ich hoffe doch.«

Die beiden Detektive stellten sich auf eine längere Wartezeit ein. Im Auto wurde es zunehmend kälter, aber dann dauerte es auch nicht sehr lange, bis sich etwas tat. Zuerst trat Lukas mit einer Schultasche, die schon bessere Tage gesehen hatte, aus dem Haus, und machte sich gut gelaunt pfeifend auf den Weg. Nur wenige Minuten später öffnete sich die Haustür erneut, und Wilfried Aderholt kam heraus. Er war an diesem Morgen erstaunlich nüchtern, hatte den Kragen seiner Jacke hochgeschlagen und die Schiebermütze tief ins Gesicht gezogen. Wegen der eingeschränkten Sicht bemerkten sie ihn nicht sofort, aber selbst wenn sie ihn beim Verlassen des Hauses gesehen hätten, hätten sie ihn vermutlich nicht gleich erkannt.

Er lief dicht an die Hausmauer gedrängt, die vor dem

eisigen Wind schützte, und hatte bereits einige Meter zurückgelegt, als Stefan aufgeregt sagte: »Verdammt, Peter, da vorn, das ist Lukas' Vater.«

Ohne eine Sekunde zu zögern, sprangen sie aus dem Wagen und liefen ihm hinterher. Sie folgten ihm bis zur Straßenecke, um die Wilfried Aderholt gerade gebogen war. Und sie waren geistesgegenwärtig genug, erst vorsichtig um die Ecke zu sehen, bevor sie in die Königsteiner Straße bogen, sonst wären sie in ihn hineingelaufen. Der alte Aderholt stand keine zehn Meter von ihnen entfernt mitten auf dem Bürgersteig und zündete sich in aller Ruhe eine Zigarette an, bevor er den Mantelkragen wieder hochschlug und seinen Weg fortsetzte. Er ging mit schnellen und erstaunlich sicheren Schritten die Straße entlang und blieb nur stehen, wenn er die nächste Zigarette aus der Tasche zog.

Inzwischen hatten sie schon die Stadtteilgrenze nach Unterliederbach erreicht, und Stefan fror entsetzlich.

»Hoffentlich sind wir bald da«, flüsterte er.

»Wo?«, fragte Peter grinsend, aber ebenso leise, damit sie nicht auffielen.

»In dem Lokal, in das der Alte sicher will.«

»Bist du da sicher?«, neckte Peter seinen Freund. »Vielleicht will er ja nur zu dem Kiosk da vorne. Oder er trifft Lukas' Geschäftspartner doch im Stadtpark.«

»Himmelherrgott steh mir bei!«, rief Stefan so laut, dass Peter zusammenzuckte, aber Aderholt hörte sie nicht, und die anderen Leute, die an diesem unwirtlichen Morgen unterwegs waren, nahmen keine Notiz von ihnen.

Genau in diesem Augenblick bog Aderholt in eine schmale Gasse ab und blieb nach einigen Schritten vor einem Lokal stehen, das laut verschmutzter Leuchtreklame das Café Rübezahl war. Aber es war allem Anschein nach kein Café, sondern eine Spelunke übelster Sorte.

Aderholt sah auf seine Armbanduhr, dann stieg er die drei ausgetretenen Stufen zum Eingang hinauf und verschwand im Lokal.

»Hinterher«, keuchte Stefan, »oder was meinst du?«

»Was sonst? Hier draußen finden wir des Rätsels Lösung kaum. Außerdem sagt das Sprichwort: Lieber im Warmen sitzen, als im Kalten stehen.«

Entschlossen drückte Peter die Türklinke herunter und trat ein. Von innen machte das Lokal einen viel besseren Eindruck als von außen. Sie bekamen gerade noch mit, wie Aderholt sich an einen Tisch setzte, der etwas abseits seitlich der Theke stand. Da das Lokal um neun Uhr früh noch völlig leer war, setzten die Detektive sich an einen Tisch am anderen Ende der Gaststube. In Hintergrund dudelte leise ein Radio, und die korpulente Wirtin stand, ihre mächtigen Arme auf dem Tresen abstützend, hinter der Theke. Sehen konnten sie Wilfried Aderholt kaum, denn die trüben Funzeln an der Decke schafften es nicht ansatzweise, die große Gaststube auszuleuchten. Die uralten, dunklen Holzdielen, die fast schwarzen Möbel und die von den Gästen in jahrzehntelanger Schwerstarbeit verqualmten Wände trugen zur düsteren Atmosphäre bei.

Dafür war Aderholts Stimme sehr gut zu hören.

Er bestellte sich gerade ein belegtes Brötchen, einen Kaffee, ein Bier und einen Korn.

Als Stefan und Peter das hörten, sahen sie sich an, und Peter sagte: »Da dreht sich mir der Magen um. So früh am Morgen schon Schnaps, das hab nicht mal ich in meiner schlimmsten Zeit geschafft.«

»Wer's glaubt, wird selig.«

»Sei vorsichtig mit deinen Äußerungen, du riskierst eine dicke Lippe«, antwortete Peter gerade grinsend, da trat die Wirtin an den Tisch und fragte nach ihren Wünschen.

»Zwei Tassen Kaffee und zwei belegte Brötchen bitte«, sagte Peter.

Nur drei Minuten später wurden sie erneut angenehm überrascht, denn der Kaffee schmeckte gut und die Brötchen waren frisch zubereitet. Auch Aderholt hatte inzwischen sein Frühstück bekommen, und er machte sich so schnell darüber her, als ob er sich in den letzten Tagen ausschließlich flüssig ernährt hätte. Allerdings trank er noch schneller, denn noch während er das Brötchen verspeiste, bestellte er die nächste Runde Bier und Korn.

Es war inzwischen kurz nach zehn, und Stefan begann bereits unruhig zu werden.

»Wenn jetzt nicht bald etwas geschieht …«, begann Stefan, und Peter vollendete: »… haben wir den nächsten halben Tag in den Sand gesetzt. Aber noch ist es nicht so weit.«

Stefan sparte sich eine Antwort und beobachtete weiter den Eingang. In den letzten Minuten waren ein paar abgerissen aussehende Gestalten im Lokal aufgetaucht, die durchweg keinen allzu vertrauenerweckenden Eindruck machten. Dabei hatten sie die Tische so belegt, dass nun kaum noch Sichtkontakt zu Aderholt bestand. Auch wurden die Rauchschwaden im Gastraum immer dichter. Das seit einiger Zeit bestehende Rauchverbot in Lokalen war hier drinnen offensichtlich außer Kraft gesetzt. Leider gab es kein Fenster, das man hätte öffnen können, um für Abhilfe zu sorgen.

»Puh, das ist ja ekelhaft«, sagte Stefan.

»Stell dich nicht so an, da müssen wir jetzt durch.«

Peter hatte kaum ausgesprochen, da öffnete sich die Tür

erneut, und ein junger Mann, der kaum älter als zwanzig sein konnte, betrat das Lokal. Mit seiner teuren Lederjacke sah er hier drinnen irgendwie deplatziert aus. Er steuerte zielstrebig Aderholts Tisch an, setzte sich zu ihm und begann sich angeregt mit ihm zu unterhalten. Aderholt trank dabei unablässig weiter. Während der Jüngere ein Glas Weizenbier trank, schaffte er dreimal so viel. Bald wurden sie, wie es aussah, handelseinig. Peter konnte bei all dem Lärm, der mittlerweile in der Gaststube herrschte, dank seines enormen Gehörs noch Bruchstücke des Gesprächs verstehen, während Stefan nur die Gesten der beiden deuten konnte. Aber schon das reichte aus, um den Detektiven klarzumachen, dass sie auf der richtigen Fährte waren. Kurze Zeit später wechselten ein Bündel Geldscheine und ein Päckchen so unauffällig den Besitzer, dass es sonst niemandem im Lokal auffiel. Wenig später stand der junge Mann auf, bezahlte und hatte es nun ziemlich eilig.

Stefan und Peter, die genau das vorausgesehen hatten, hatten schon einige Zeit vorher bezahlt und standen ebenfalls auf. Doch als sie sich endlich durch das mittlerweile vollbesetzte Lokal zum Ausgang durchgekämpft hatten, sahen sie gerade noch, wie der junge Mann sein Auto aus der Parklücke rangierte und davonfuhr.

»Zu spät«, murmelte Stefan ärgerlich. »Der ist fort.«

»Macht nichts, zu Fuß hätten wir ihm ohnehin nicht folgen können. Und den größten Teil der Autonummer hab ich.«

»Wirklich?«

»Ja, sie lautet F, G ... und dann eine vierstellige Zahl, die mit einer sechs beginnt.«

»Na bravo, ob das reicht?«

»Für Olli bestimmt.«

»Aber es gibt doch Hunderte von Autos mit dieser Teilnummer in Frankfurt. Sollen wir die etwa alle überprüfen?«

»Nee, ganz bestimmt nicht«, sagte Peter und grinste. »Wie viele von denen werden wohl rote Ford Mustangs Baujahr 73 sein?«

»Wohl nicht sehr viele. Ich habe allerdings mehr auf den Mann auf dem Beifahrersitz geachtet.«

»Wie, da war noch einer im Wagen?«, fragte Peter nun verblüfft, und Stefan triumphierte: »Ja, ganz eindeutig.«

»Na prima, dann haben wir ja alles, was wir brauchen. Über den Wagen können wir die Spur der jungen Leute aufnehmen, und du erkennst den zweiten Mann wieder. Da ergänzen wir uns wieder einmal prächtig. So, jetzt aber zurück zum Auto, und dann ab nach Hause und Olli Krause anrufen.«

»Hallo, hier bei Krause«, meldete sich, für Peter sehr verwunderlich, eine Frauenstimme.

»Kann ich Oliver Krause sprechen?«, sagte er zögernd in den Hörer.

»Ja, in einer Viertelstunde. Er ist gerade am Duschen. Kann ich etwas ausrichten?«

»Er soll bitte umgehend Peter Stettner anrufen.«

Als Peter aufgelegt hatte, fragte Stefan: »Was sind denn das für neue Sitten? Er duscht freiwillig, und eine Frau geht bei ihm ans Telefon? Sonst ist er tagelang nicht vom Computer wegzubringen und betrachtet alles andere als Störung. Meinst du, er hat endlich mal eine Freundin?«

»Mit über dreißig wird's ja auch langsam Zeit. Er ist schließlich auch nur ein Mann.«

»So habe ich das noch gar nicht gesehen. Ich hatte ihn bislang eher für eine Außenstelle seiner Computer gehalten.«

»Gut gesagt«, meinte Peter gerade, da klingelte das Telefon, und sie sahen Ollis Nummer auf dem Display.

Peter meldete sich und hörte gleich darauf die Stimme von Oliver.

»Hallo, Peter, altes Haus, wo brennt's denn?«

»In Höchst. Aber jetzt mal im Ernst. Du klingst so außer Atem, was ist denn los?«

»Meine Freundin Mona hält mich eben ganz schön auf Trab.«

»Gratuliere.«

»Danke, aber ich schätze mal, du rufst nicht nur an, um zu plaudern?«

»Erraten. Wir bräuchten mal wieder Namen und Adresse eines Fahrzeughalters.«

»Wo denn diesmal? In Wladiwostok?«

»Na klar, was hast du denn gedacht?«

»Das wird teuer, Peter.«

»Macht nix, aber im Ernst jetzt – in Frankfurt.«

»An der Oder?«

»Witzbold.«

»Kennzeichen und Fahrzeugtyp hast du?«

Peter gab ihm die Daten durch und fragte anschließend: »Wie hast du Mona denn kennengelernt?«

»Im Internetforum *Einsame Computerfreaks*«, gab Oliver bereitwillig Auskunft, denn er wusste, dass Peter ohnehin nicht lockerlassen würde. »Sie kann mir nicht nur am Computer noch so einiges beibringen.«

»Auf anderen Gebieten glaube ich es dir gern, aber nicht am Computer.«

»Wartet es ab, ihr werdet dieses Wunderwesen bestimmt bald kennenlernen.«

»Das hoffe ich. Suchst du mir das heute noch raus und meldest dich dann bei mir?«

»Warte mal, so wie ich das sehe, hat Mona eure Anfrage bereits bearbeitet.«

Nun begannen Peter und Stefan zu ahnen, dass diese Mona tatsächlich über ganz besondere Fähigkeiten verfügen musste.

»Wow, ich hätte ja nicht gedacht, dass es in Frankfurt noch so viele Ford Mustangs gibt«, meldete sich kurz darauf der Computerspezialist wieder.

»Wie viele denn?«, fragte Peter und ahnte Böses.

»Neunundneunzig.«

»Oh, Scheiße.«

»Nein, ihr habt Glück gehabt, es sind nur sechzehn, und davon passen vom Baujahr und Kennzeichen gerade mal drei.«

»Das klingt schon besser. Du hast mir eben einen gewaltigen Schrecken eingejagt. Was kannst du uns denn über Standort und Halter erzählen?«, meldete sich nun Stefan zu Wort.

»Der erste wohnt in Frankfurt-Harheim und heißt Bernd Dielmann, der zweite, Willi Mohn, lebt in Bornheim in der Seckbacher Landstraße. Nummer drei ist auf einen Tom Ginther zugelassen, und der ist im Gallusviertel, in der Schwalbacher Straße gemeldet.«

Als die beiden Detektive das Wort »Gallusviertel« hörten, einer stellenweise ziemlich heruntergekommenen Gegend im Umbruch, begannen sofort sämtliche Alarmglocken zu schrillen.

»Hast du zufällig auch die Geburtsdaten der Leute? Mich interessiert vor allem das Alter.«

Hätten Peter und Stefan sehen können, wie Mona ihrem Olli augenblicklich einen Zettel mit Zahlen darauf zuschob, sie hätten ihren Augen nicht getraut.

»Der Mann in Harheim ist fünfundfünfzig, der in Bornheim neununddreißig, und Tom Ginther ist noch ganz
jung. Er …«

»Danke, Olli, du hast uns sehr geholfen. Das war spitzen-
klasse, wie immer. Schick uns deine Rechnung.«

»Mach ich. Jetzt muss ich aber zu Mona, sie wird schon
ungeduldig.«

»Wohin denn?«

»In die Schnarchkiste, aber nicht zum Schnarchen.«

Nachdem Peter aufgelegt hatte, sagte er: »Na, unseren
Freund hat es aber mächtig erwischt.«

»Allerdings«, grinste Stefan, »er tut mir fast schon leid.
Mona wird ihn ganz schön hart rannehmen.«

»Hoffentlich hat er diesmal etwas mehr Glück«, sagte
Peter wieder etwas ernster. »Zu gönnen wäre es ihm. – So,
genug palavert, die Arbeit ruft.«

»Schon wieder?«

»Was hast du denn gedacht? Meinst du, Olli übernimmt
auch die Ermittlungen für uns?«

»Lass uns zuerst zu uns rüberfahren und Kaffee trinken.«

»Okay. Und anschließend überprüfen wir noch die drei
Adressen, die Olli geliefert hat. Die im Gallusviertel ist am
Vielversprechendsten, damit fangen wir an. So, hier sind
die Schlüssel von meinem alten Auto. Dass mir keine Kla-
gen kommen! Wir fahren dann nachher mit meinem neuen
weiter.«

»Du meinst es also ernst, dass du kein Geld dafür haben
willst?«

»Absolut. Und jetzt hör endlich auf damit, bevor ich mir
es anders überlege.«

8.

Als das Taunus-Ermittler-Duo gegen siebzehn Uhr in der Schwalbacher Straße ankam, wussten die beiden schnell, dass sie hier richtig waren. Der rote Ford Mustang stand vor einem der alten, etwas heruntergekommenen Mietshäuser und am Steuer saß der junge Mann vom Morgen. Außerdem waren noch zwei weitere Leute im Wagen. Das mussten die jungen Männer sein, die Hauptkommissar Hundt gemeint hatte. Wie der Beamte kamen auch Peter und Stefan zu dem Schluss, dass diese Leute nicht die Drahtzieher in dem florierenden Drogenhandel sein konnten. Sie waren zweifelsohne rabiat und vermutlich auch gewalttätig oder brutal. Aber schon der knallharte Überfall auf die Wegmanns schien Peters und Stefans Eindrücken nach eine Nummer zu groß für sie zu sein. Diese jungen Männer wirkten eher wie Kinder, die Gangster spielten. Sie lachten laut und selbstbewusst, während sie einem türkischen Ehepaar, das die Straße entlangkam, hinterherpöbelten. Richtige Gangster, denen eher daran gelegen war, nicht aufzufallen, hätten das kaum getan.

»Ich denke, dass wir die drei nun eine Weile beschatten müssen. Sie werden uns früher oder später an die Hintermänner heran«, begann Peter, doch Stefan unterbrach ihn: »Verdammter Mist, die fahren weg.«

Die beiden Detektive, die sich in der Zwischenzeit näher

herangepirscht hatten, rannten zu ihrem Auto zurück, und Peter startete den Wagen. In diesem Moment schoss der Mustang bereits an ihnen vorbei. Peter riss den Wählhebel auf *D*, trat das Gaspedal voll durch und wendete mit quietschenden Reifen mitten auf der Straße. Dabei sahen sie gerade noch, wie der Ford in die Kleyerstraße in Richtung Innenstadt abbog. Die beiden Taunus-Ermittler folgten Tom Ginther und seinen Kumpanen, die noch nie etwas von Verkehrsregeln gehört zu haben schienen, in rasantem Tempo. Peter drehte sich der Magen um, wenn er an sein Punktekonto in Flensburg dachte, aber was blieb ihm anderes übrig?

Kurz bevor sie den Platz der Republik erreichten, sah Peter die Radarfalle am Straßenrand. Auch der junge Mann vor ihm konnte die Geschwindigkeitskontrolle unmöglich übersehen haben, aber statt die Fahrt etwas zu drosseln, zog er noch deutlich an und rauschte über die Kreuzung, deren Ampel gerade von Gelb auf Rot umsprang.

Peter trat jedoch derart heftig auf die Bremse, dass Stefan, der sich im Eifer des Gefechtes vergessen hatte anzuschnallen, nur mit Mühe am Armaturenbrett festhalten konnte. So entging Peter zwar einem gepfefferten Bußgeld, allerdings war auch an ein Überqueren der Kreuzung nicht mehr zu denken. Der Mustang war bereits über alle Berge.

»Ob die so gerast sind, weil sie uns bemerkt haben?«

»Möglich, aber ich fürchte, die fahren immer so.«

»Wahrscheinlich hast du recht, Peter. Ich hab genug für heute.«

»Ich auch. Lass uns nach Hause fahren.«

Den gesamten Mittwoch folgten die Detektive Tom Ginther und seinen Spießgesellen. Aber abgesehen davon, dass sie einige der übelsten Spelunken der ganzen Stadt kennenlernten, kamen sie nicht einen Schritt voran. Dabei legten es Peter und Stefan keineswegs darauf an, nicht gesehen zu werden, ganz im Gegenteil. Die Nachwuchs-Ganoven sollten ruhig wissen, dass sie unter Beobachtung standen.

Erst am Donnerstagvormittag, sie klebten den jungen Leuten bereits seit gut und gern drei Stunden an den Fersen, kam etwas Bewegung in die Sache. Tom Ginther hatte mit seinen Kumpanen einen Imbiss in Griesheim angesteuert und schien sich köstlich zu amüsieren. Aber die vorsichtigen Blicke, die er hin und wieder zu den Detektiven hinüberwarf, sprachen eine andere Sprache. Zumindest er schien, ganz wie von den beiden beabsichtigt, langsam nervös zu werden.

Plötzlich zückte Tom ein Handy und begann wild gestikulierend zu telefonieren.

»Ich wette, er ruft seinen Boss an und fragt, wie sie sich weiter verhalten sollen«, sagte Peter, und Stefan ergänzte: »Schade, dass wir nicht mithören können.«

Tom Ginther, Lars Braun und Benjamin Golp standen an ihrer Lieblings-Imbissbude in Frankfurt-Griesheim und lachten sich über die dämlichen Detektive kaputt, die ihnen nun schon den dritten Tag wie junge Hunde folgten.

»Die leben nicht so gut wie wir. Wir können essen und trinken, und die sitzen da drüben im Auto und gucken uns zu«, sagte Golp grinsend und begann nach einem Blick zu Peters Auto hinüber schallend zu lachen.

»Mensch, du bist vielleicht bekloppt, Benni. Dafür können wir auch nur schlecht Kontakt zu unserem Boss aufnehmen«, wies ihn Lars Braun missbilligend zurecht, worauf Benni moserte: »Dann mischen wir die zwei halt mal kräftig auf.«

Dabei knuffte er Tom Ginther, um Anerkennung heischend, kräftig in die Seite.

»Aua, du bist doch verrückt. Für so was haben wir unsere Leute. Ich ruf mal bei Carl an und frage, was wir machen sollen.«

Tom, dem bei Weitem nicht so wohl in seiner Haut war wie seinen etwas unbedarften Kumpanen, zückte sein neues Handy und versuchte, den Boss zu erreichen. Solange alles gut lief und sich die Höhergestellten heraushielten, waren sie die Chefs im Ring. Zumindest was die Geschäfte an ihrer und einer weiteren Schule anging. Er wusste, dass es in Frankfurt noch eine weitere Gang gab, die auch für den Boss arbeitete und für andere Schulen zuständig war, aber das war im Moment zweitrangig. Sie hatten ein bequemes Leben und immer genügend Geld; das war es, was im Moment zählte. Außerdem hatte er vor, sich zu bewähren und irgendwann in die Stammcrew aufzusteigen. Doch das brauchten Lars und Benjamin erst einmal nicht zu wissen.

Leider war seit einer Woche ihr sonst so beschauliches Gangster-Dasein gewaltig aus den Fugen geraten. Seit diese Detektive überall herumschnüffelten, war nichts mehr wie früher. Umso besser, dass es die Bosse gab. Sie konnten ihnen so schwierige Entscheidungen wie die, was mit den Wegmanns zu geschehen hatte, abnehmen.

So in Gedanken verloren, hätte Tom beinahe nicht bemerkt, dass Carl sich vorsichtshalber mit seinem Codenamen meldete.

»Hier ist der alte Wolf, wer spricht?«

»Der junge Fuchs.«

»Was gibt es denn?«

»Wir werden noch immer verfolgt. Was sollen wir tun? Wir brauchen dringend Nachschub.«

Grade als sein Boss antwortete, fuhr ein schwerer Lastwagen vorbei, und Tom verstand: »Wir treffen uns … im Hauptquartier. Ihr ruft vorher an.«

»Alles klar«, sagte er und legte auf.

»Was hat der Boss gesagt?«

»Wir treffen uns morgen wie immer, sollen uns aber vorher noch mal melden.«

»Wirklich?«, fragte Benni Golp ungläubig. »Meint der das ernst? Und was machen wir jetzt mit diesen Gestalten?«

»Nichts.«

»Nichts?! Wie soll ich denn das verstehen?«

»Wenn ich unseren Boss richtig verstanden habe, sollen wir ihm diese Affen vorführen. So, und nun haben wir lange genug die Stadtführer für die gespielt. Hängen wir sie ab.«

Nachdem Tom Ginther das Gespräch beendet hatte, legte am anderen Ende der Leitung auch Carl Neuhaus auf und sah seinen Chef nachdenklich an. Diese jungen Leute kannten nur ihn und seine Truppe. Sie hatten keine Ahnung, dass er nur ein etwas größeres Rad im Getriebe und keineswegs der große Zampano war, für den sie ihn hielten. Wenn sie nun begannen, Fehler zu machen, würde es erst einmal ihm an den Kragen gehen.

»Was sollen wir nur mit diesen Detektiven machen, die meine Leute schon seit Tagen beschatten?«

»Erst einmal nichts. Halte dich bedeckt. Solange keiner von denen quatscht und deine Identität nicht gelüftet wird, solltest du dich ruhig verhalten. Von mir wissen die ja nichts, oder?«

»Nein, dafür habe ich schon gesorgt.«

»Das will ich dir auch geraten haben. – Wie heißt diese Detektivagentur eigentlich?«

»ST+W, für Stettner und Weimershaus. Ich habe mich bereits über sie informiert. Man nennt sie auch die Taunus-Ermittler.«

»Oh! Noch ein Grund mehr, sich unsichtbar zu machen. Es wäre eine Dummheit, sie erst auf unsere Spur zu bringen. Das sind Profis. Bei dem Namen Stettner klingelt bei mir eine riesige Alarmglocke. Irgendwie sagt mir der Name etwas, und das ist ganz bestimmt nichts Angenehmes.«

»Du hast recht, dieser Stettner ist tatsächlich ein Profi, ein ehemaliger.«

»Wie?«

»Er war früher bei den Bullen, beim OK. Ist aber schon 'ne Weile her. Das Detektivbüro gibt es erst seit drei Jahren.«

»Mmh …«, brummte der Boss grübelnd, »ist der vielleicht vor vielen Jahren nach einer Sache auf Mallorca gefeuert worden?«

»Das hab ich noch nicht herausbekommen, aber er muss irgendetwas im Alleingang, ohne Genehmigung, durchgezogen haben.«

»Dann denke ich, ich weiß, wer dieser Stettner ist. Ein Vollblutprofi und ziemlich hart im Nehmen. Behalte ihn diskret im Auge. Solange er gegen Mauern anrennt und unsere Anonymität gewahrt bleibt, verhalten wir uns ruhig. Anderenfalls hast du und deine Truppe freie Hand. Pass aber auf, diesen Typen dürft ihr nicht unterschätzen.«

»Ja, Chef.«

»Jetzt lass endlich mal diesen blöden Chef weg, Carl. Wir kennen uns nun schon seit Ewigkeiten. Nenn mich Horst, wie alle. Nur du nennst mich noch Chef.«

»Okay, mach ich, Ch… Horst.«

»Carl, du hast die Sache an den Schulen ja wirklich gut organisiert, es kommt ganz ordentlich was zusammen. Aber meinst du, es war richtig, dass du diese halbwüchsigen Hosenscheißer um Tom Ginther zu deinen Helfern gemacht hast? Und dir damit quasi noch eine weitere Truppe an den Hals geschafft hast?«

»Ich glaube schon. So haben wir noch einen zweiten Puffer zwischen den Bullen und uns. Außerdem – hätte ich vielleicht meine Leute in die Schulen schicken sollen, um den Stoff zu verticken? Du weißt, die meisten sehen nicht gerade vertrauenerweckend aus. Außerdem haben die Jungs um Tom als ehemalige Schüler dieses Kastens viel schneller das Vertrauen der Kleineren erworben und konnten unter ihnen weitere Helfer rekrutieren.«

»Dein Wort in Gottes Gehörgang. Ich hoffe, der Schuss geht nicht nach hinten los. Ich sage dir jetzt etwas im Vertrauen: Hinter mir gibt es noch weitaus höhere und mächtigere Personen. Ich bin vielleicht hier in Frankfurt …«

»Ch… Horst, ich weiß, du bist der King.«

»Nein, eben nicht. Ich bin auch nur ein kleines Rädchen in einer übermächtigen Organisation. Wenn unsere Identität auffliegt, ist unser Leben keinen Pfifferling mehr wert. Die machen uns gründlich fertig.«

Seine Worte hatten ihre Wirkung nicht verfehlt.

»Ja, äh …«, stammelte Neuhaus, der blass geworden war, »sehen wir uns am nächsten Montag, wie immer, wenn eine Lieferung kommt?«

»Natürlich, bis dann«, sagte der fünfundsiebzigjährige, aber noch gut durchtrainierte und kerngesunde Mann, und gab es auf, seinem Mitarbeiter fürs Grobe, wie er Carl insgeheim nannte, die Augen öffnen zu wollen. Für Carl war die Unterwelt noch immer so, wie sie vor mehr als zwanzig Jahren gewesen war. Damals, vor seiner Verhaftung, war der Mann wirklich der große Zampano gewesen, den Carl noch immer in ihm sah. Inzwischen war aber nichts mehr so wie früher, auch wenn er vor zwölf Jahren, nach seiner Entlassung aus der Haft, scheinbar mühelos dort hatte anknüpfen können, wo er vorher aufgehört hatte.

Er stand schwungvoll aus dem Sessel auf, in dem er die letzte halbe Stunde gesessen hatte, winkte den beiden Bodyguards zu, die nahezu unsichtbar jeden seiner Schritte begleiteten, und verließ den Raum. Die drei Männer gingen in den Keller des Geschäftshauses unweit des Westbahnhofs und durch einen langen Gang, der in einem Haus an der rückwärtigen Straßenfront wieder ins Erdgeschoss mündete. Durch eine Verbindungstür gelangten sie ungesehen in die Garage, und Horst ließ sich auf den Rücksitz seines gepanzerten Maybach fallen, dessen Scheiben sehr dunkel getönt waren. Erst danach ging einer der Bodyguards zum Hoftor, um es zu öffnen, während der zweite den schweren Wagen auf die Straße hinausfuhr. Wer diesen Wagen nicht kannte, wäre nie auf die Idee gekommen, dass sich hier eine Größe der Frankfurter Unterwelt gerade mit ihrem besten Mann getroffen hatte.

Als Tom Ginther das Mobiltelefon wegsteckte, sagte Peter: »Pass auf, gleich passiert etwas.«

»Was denn?«

Bevor Peter antworten konnte, spurteten die drei jungen Männer los, als ob der Teufel hinter ihnen her wäre. Noch bevor die Detektive reagieren konnten, sprangen sie in ihren Mustang und gaben ihm die Sporen.

»Hinterher, aber schnell!«, rief Stefan aufgeregt, aber Peter entgegnete völlig ruhig: »Nein, das war zu offensichtlich. Ich schätze, das ist ein Verschleierungsmanöver, mit dem sie uns auf eine falsche Fährte locken wollen. Wir sollten nur denken, dass sie zu einem wichtigen Treffen unterwegs sind.«

»Und wenn es am Ende genau so ist? Schließlich haben sie gerade telefoniert.«

»Verlass dich ruhig auf meinen Instinkt. Aber sie werden sich schon sehr bald wirklich mit ihrem Boss treffen, und das bedeutet, wir können morgen eine Frühschicht einlegen.«

»Wie kommst du darauf?«, fragte Stefan skeptisch.

»Wie du richtig erkannt hast, hat dieser Ginther mit seinem Chef telefoniert. Wir haben also genau das erreicht, was wir wollten; wir haben sie gewaltig erschreckt. Diese Möchtegern-Gangster kommen jetzt ins Schwimmen und brauchen nicht nur Nachschub, sondern auch konkrete Anweisungen von oben.«

»Nachschub – meinst du, die sind auch selbst süchtig?«

»Möglich wär's, aber ich hatte das Zeug gemeint, das sie zum Verteilen brauchen.«

»Was meinst du, wann werden die Kontakt mit ihrem Boss aufnehmen?«

»Gute Frage. Ich vermute morgen bei guter Zeit. Deshalb auch die Frühschicht. Machen wir Feierabend für heute.«

»Meinst du, Oliver kann herausbekommen, wer die anderen beiden sind?«

»Da habe ich gar keine Bedenken. Du weißt doch, in welche Computersysteme dieser Teufelskerl schon eingedrungen ist. Wenn Not am Mann ist, knackt der sogar die Verbrecherkartei des LKA. Allerdings hat die Sache einen ganz kleinen Schönheitsfehler. Wir können Olli die Leute nur beschreiben.«

»Du vielleicht, aber ich …«

»Du hast die drei fotografiert? Du bist ein Genie! Ich hatte eine unserer Minikameras bereitgelegt, aber leider im Eifer des Gefechts zu Hause liegen lassen.«

»Dann ist es ja gut, dass ich gestern die zweite mitgenommen habe. Die Fotos, die ich gemacht habe, dürften gestochen scharf werden.«

»Wann hast du sie geschossen?«

»Vorhin, kurz nachdem wir hier angekommen waren.«

»Ich hab nichts bemerkt, aber hoffentlich auch die anderen nicht. Du hast Nerven!«

»Wäre es nicht besser, gleich zu Hundt zu gehen?«

»Bloß nicht. Dann sind wir den Fall sofort los, und Burkhard würde uns gehörig die Leviten lesen. Leider ist dieser Hundt nicht so blöde wie Jäger. Er hört sich an, was wir zu berichten haben, nimmt die Fotos, sagt danke, und das war's. Aber so leicht lasse ich mich hier nicht aus dem Spiel kegeln. Zumal ich diesen Angriff auf die Wegmanns fast schon als persönlich betrachte.«

Dreieinhalb Stunden später saßen die Detektive noch im Büro, und Peter hielt einen Computerausdruck mit den Namen der beiden Begleiter Ginthers in der Hand. Es war für Oliver kein Problem gewesen, die Identität von Benjamin Golp und Lars Braun festzustellen. Das einzige Problem war, dass der Hacker wegen seiner neuen Freundin Mona nun kaum noch zu erreichen war.

»Hiermit haben wir etwas, was wir Hundt zu gegebener Zeit zuspielen können.«

»Ich dachte, du wolltest nicht mit ihm zusammenarbeiten?«

»So hab ich das nicht gesagt. Ich will nur der sein, der am längeren Hebel sitzt und die Regeln bestimmt.«

»Verstehe«, grinste Stefan. »Wie gehen wir weiter vor?«

»Für heute machen wir nun wirklich Feierabend, es ist ja schon acht. Verena wird dich bereits vermissen. Ich kehre dann auch in meine stille Kemenate zurück und werde gleich schlafen. Die Zeit, die Annika in Darmstadt ist, muss ich ausnutzen. Außerdem wollen wir morgen zeitig los.«

»Wann?«

»Spätestens um halb sieben. Ich möchte auf keinen Fall zu spät kommen, wenn sie zu ihrem Chef fahren.«

»Okay, bis morgen«, sagte Stefan mit süßsaurem Lächeln und verließ das Büro.

Peter blieb noch eine Weile am Schreibtisch sitzen und dachte nach. In diesen stillen Stunden hatte er oft die besten Einfälle. Doch kurz darauf träumte er bereits mit verklärtem Blick von Annika, und wie es erst werden würde, wenn sie mit ihrem Sohn in Kelkheim wohnte. Es war schon viertel vor neun, als er sich aufraffte und nach Hause ging.

Der Freitagmorgen war neblig und trüb. Dennoch waren die beiden Ermittler zur verabredeten Zeit auf ihrem Beobachtungsposten. Anfangs konnten Stefan und Peter wegen des Nebels kaum etwas erkennen, aber längere Zeit geschah ohnehin nicht viel. Lediglich Tom Ginther kam irgendwann aus dem Haus und ging zur nahen Bäckerei, um eine Tüte mit frischen Brötchen zu besorgen. Der Menge nach zu urteilen, mussten seine Kumpane nicht nur anwesend sein, sondern auch über einen geradezu unersättlichen Appetit verfügen. Nachdem Tom Ginther das Haus wieder betreten hatte, kehrte noch einmal Ruhe ein.

Eine Stunde später, inzwischen war es hell und die Sicht etwas besser, sagte Stefan: »Ich glaube, du hast dich geirrt, da tut sich nichts«, da gab Peter ihm ein Zeichen und zeigte stumm zum Hauseingang hinüber.

Kaum zwanzig Meter von ihnen entfernt kamen drei in Winterjacken gehüllte Gestalten aus dem Haus und steigen in den Mustang ein.

»Bitte nicht schon wieder so rasen«, flehte Peter grinsend und reckte die Hände theatralisch zum Himmel.

Als ob die jungen Leute ihn gehört hätten, fuhren sie in schon fast gemäßigtem Tempo, sodass Peter ihnen im wieder dichter werdenden Nebel mühelos folgen konnte.

»Irgendwie ist das sonderbar«, murmelte er.

»Was?«

»Dass diese Kerle so langsam fahren.«

»Langsam? Wir sind fast bei siebzig!«

»Vorgestern auf der Mainzer Landstraße waren es über neunzig.«

»Sei doch froh.«

»Und wenn das eine Falle ist?«

»Welchen Sinn hätte das?«

»Das weiß ich auch nicht so genau. Aber ich habe trotzdem ein ziemlich ungutes Gefühl«, sagte Peter, als der Wagen vor ihnen gerade in die Adalbertstraße in Richtung Westbahnhof einbog.

Tom Ginther parkte den großen Wagen geschickt und routiniert in einer engen Parklücke ein. Dann stiegen er und seine Leute aus, aber anstatt sich der Häuserzeile zuzuwenden, gingen sie in Richtung Westbahnhof davon.

»Hinterher«, rief Stefan enthusiastisch, während Peter mit einem mulmigen Gefühl im Magen einige Sekunden lang hinterm Steuer verharrte, bevor er seinem Freund und Kollegen in den nasskalten Morgen folgte.

Der rote Ford Mustang mit den drei Nachwuchsgangstern an Bord hatte die Ludwig-Erhard-Anlage noch nicht ganz erreicht gehabt, da hatte Tom Ginther sein Handy gezückt und Carl Neuhaus im Hauptquartier angerufen.

»Hallo, alter Wolf, ich bin's, der junge Fuchs.«

»Was gibt's?«, fragte Carl unwirsch.

»Wir sind unterwegs.«

»Hierher?«

»Ja, wir haben die Detektive im Schlepptau.«

»Seid ihr wahnsinnig geworden?«

»Du hast doch gesagt ...«

»Nichts hab ich!«, polterte Neuhaus los. »Wo seid ihr denn gerade?«

»Ecke Adalbertstraße.«

»Dann ist es zum Umdirigieren zu spät. Wenn ihr jetzt die Richtung wechselt, fällt das jedem Profi auf. Dann muss es eben die harte Tour sein. Ihr fahrt wie immer in die Adalbertstraße, parkt und lauft dann in Richtung West-bahnhof. Alles andere überlasst ihr mir.«

»Sollen wir mit dem Zug ...«

»Quatsch. Obwohl... Nein, natürlich nicht. Geht am Westbahnhof vorbei in Richtung Ökohaus. Dazwischen kommt ein Parkplatz. Da stoße ich mit drei Mann zu euch. Wir werden die beiden so aufmischen, dass die auf Wochen hinaus bedient sind. Aber ihr haltet euch raus, das ist was für Profis.«

»Ist die Stelle wirklich gut?«

»Das lass mal meine Sorge sein. Ihr habt uns da ganz schön was eingebrockt. Aber um deine Neugier zu befrie-digen: Die Ecke ist bei dieser dichten Suppe reichlich un-übersichtlich, der morgendliche Berufsverkehr ist schon vorbei, und bei dem Wetter ist da um die Zeit kaum noch jemand unterwegs. Wenn es schnell geht, gibt's keine Zeugen. Nehmt zur Sicherheit eure Sturmhauben mit, lasst euch dabei aber nicht erwischen.«

»Alles klar«, sagte Ginther, legte auf, drehte sich kurz zu seinen Kumpanen hin und sagte grinsend: »Diese Trottel folgen uns brav zur Schlachtbank.«

Kurz darauf parkte er den Wagen mit geübtem Schwung rückwärts ein und stellte den Motor ab. Mit einem verächtlichen Blick zu ihren Verfolgern hin griffen die drei nach ihren Sturmhauben und Schlagstöcken, verstauten die Sachen unsichtbar unter ihren Winterjacken und stiegen aus.

Stefan und Peter mussten sich ordentlich beeilen, so groß war das Tempo, das die drei anschlugen. Da der Nebel an diesem Vormittag so dicht war, dass selbst die umliegenden Gebäude fast darin verschwanden, sahen die Detektive sie nur noch schemenhaft in Richtung Bahnhof gehen. Die anderen vier Gestalten, die ihnen in gut zwanzig Metern Entfernung folgten, bemerkten sie gar nicht.

»Die wollen zum Bahnhof, das ist sonderbar«, meinte Peter.

»Ob deren Boss außerhalb wohnt und sie dorthin fahren?«

»Glaub ich nicht. Die hätten garantiert den Wagen genommen.«

Stefan schwieg einige Sekunden lang und sagte dann verblüfft: »Du, die gehen am Bahnhof vorbei. Was kommt denn dahinter?«

»Links die Bahn, rechts ein Gewerbebetrieb und ein Mietshaus, dazwischen der Parkplatz und dahinter das Ökohaus«, antwortete Peter, um dann erschrocken innezuhalten: »Das ist eine Falle, Stefan! Ich weiß nicht, was die …« Er brach ab, als er bemerkte, dass die drei verschwunden waren. »Die sind weg, das hat was zu bedeuten. Wenn ich …«

Peter wollte noch etwas sagen, aber ihm blieben die Worte buchstäblich im Halse stecken, denn plötzlich sah er sich von Schlägern der übelsten Sorte umringt. Sie waren bis zur Unkenntlichkeit vermummt und mit Baseballschlägern und Schlagringen ausgestattet.

»Scheiße«, sagte Stefan, und Peter raunte ihm zu: »Angriff ist die beste Verteidigung.«

Dann ging er auf den los, in dem er den Anführer der Bande vermutete. Der Mann wurde von dem Angriff derart überrascht, dass er Peters Faust ungehindert in seine Magengrube fahren ließ und erst einmal in die Knie ging. Unterdessen hatte Stefan einen andern aus der Drehung heraus mit einem gezielten Tritt unter die Kinnlade außer Gefecht gesetzt. Dao Tae Wung wäre stolz gewesen.

Aber es wäre zu schön gewesen, wenn es so weitergegangen wäre. Die beiden verbliebenen Männer stürzten sich nun ihrerseits auf Stefan und Peter, sodass beide einige Schläge ungedeckt einstecken mussten. Der kurze Augenblick ihrer Überlegenheit reichte aus, um Peter die linke Augenbraue zu zerfetzen und Stefan die Lippe blutig zu schlagen. Dennoch bekamen sie ihre Gegner erneut zu fassen und versuchten sie festzuhalten.

In diesem Augenblick kamen die drei jungen Nachwuchsganoven aus ihrer Deckung und versuchten Carl und seiner Truppe beizustehen. Die plötzlich auftauchenden Jugendlichen ließen die vier Schläger jedoch irritiert herumfahren und behinderten sie mehr, als dass sie ihnen nützten.

Das ließ Stefan und Peter endgültig zur Hochform auflaufen. Ihre Fäuste wirbelten im Kreis der Ganoven herum, die einige heftige und schmerzhafte Treffer einstecken mussten. Dann geschah, was oft geschieht, wenn eine Schlägergruppe in die Defensive gerät. Wer konnte, setzte sich ab, kaum dass er wieder humpeln konnte.

Zwei Mann jedoch hatte es so heftig erwischt, dass sie bewusstlos am Boden lagen und nicht fliehen konnten. Der eine war der Freund von Tom Ginther, den Olli als Benjamin Golp identifiziert hatte, und somit im Moment weniger interessant. Aber der andere, den Peter zu Recht für ihren Anführer hielt, konnte für sie nun zum Schlüssel für diesen Fall werden. Peter schob ihm, da er sich noch immer nicht rührte, die Sturmhaube kurz hoch, und Stefan lichtete sein Gesicht schnell und routiniert ab.

Peter zog ihm die Sturmhaube keinen Moment zu früh wieder übers Gesicht, denn in diesem Moment kam der Mann zu sich. Er sah Peter stumm und hasserfüllt an, dann stieß er ihn unerwartet heftig zur Seite und suchte zusammen mit Benjamin Golp das Weite.

Peter sah sich um. An diesem Morgen war der Parkplatz außergewöhnlich menschenleer, was vermutlich auch dem unheimlichen Nebel zu verdanken war. Somit gab es für ihren kurzen, aber heftigen Kampf vermutlich keine Zeugen.

»Scheiße, dass sie alle weg sind«, sagte Stefan noch immer heftig schnaufend, aber Peter korrigierte ihn: »Nein, ich finde das ganz gut so.«

»Wie bitte?«

»Was wäre denn gewonnen, wenn wir Golp und den anderen Typen Kommissar Hundt übergeben hätten? Dann wäre im günstigsten Fall der Drogenhandel an einer einzelnen Schule für zwei oder drei Wochen versiegt. Aber wir hätten kaum noch eine Chance gehabt, an die Hintermänner heranzukommen, da man sie viel effektiver abgeschirmt hätte. Jetzt kann uns dieser Mann an seine Chefs heranführen.«

»Vermutest du noch weitere Hierarchieebenen?«

»Aber klar. Glaube mir, das ist keineswegs das Ende der Fahnenstange. Hast du schon mal von einem Boss einer solchen Organisation gehört, der selbst Hand anlegt? Ich nicht.«

»Blöde Frage, was?«

»Keineswegs. Wer nie etwas mit organisierter Kriminalität zu tun hatte, für den ist es kaum vorstellbar, wie weit dieses Übel in unsere Gesellschaft hineinragt. Wir kennen jetzt, die kleinsten Schüler mitgerechnet, vier Hierarchieebenen. Wer weiß, wie viele es noch gibt.«

»Was meinst denn du?«

»Es würde mich nicht wundern, wenn es in der Führungsebene eines Amtes oder einer Behörde einen ganz großen Boss gibt, wobei selbst das vermutlich noch immer nicht der Kopf der Organisation wäre. Schließlich operiert die organisierte Kriminalität nicht erst seit der Medienvernetzung international. Nur ist sie seitdem präsenter und effektiver geworden. Aber an die Typen ganz oben kommen wir ohnehin nicht ran.«

9.

In Kelkheim angekommen, fuhren die beiden direkt zu Stefan und Verenas Wohnung. Dort erlebten sie ihre nächste Überraschung, als Annika ihnen die Tür öffnete.

Noch bevor sie ihre Bestürzung über das Aussehen der beiden zum Ausdruck bringen konnte, fragte Peter: »Was machst du denn hier?«

»Na, das ist ja mal wieder eine Begrüßung«, murmelte Annika gekränkt. »Freust du dich denn gar nicht, mich zu sehen?«

»Aber Annika, so war das doch gar nicht gemeint. Ich hab nur nicht damit gerechnet, dich heute schon zu sehen. Du wolltest doch erst morgen kommen.«

»Verena ging es nicht so gut, deshalb hat sie mich angerufen. Da ich gerade Zeit hatte, bin ich hierhergefahren. Und jetzt verrate mir lieber mal, was mit euch passiert ist. Ihr seht ja furchtbar aus!«

»Wir sind in einen Hinterhalt geraten«, erklärte Stefan vorsichtig.

»Das sieht man«, stichelte Verena denn auch prompt, während sie aus dem Wohnzimmer gehumpelt kam.

»Na ja, wenigstens scheint es dir, mein Schatz, wieder besser zu gehen. Was hast du denn angestellt?«

»Ich habe mir einen dicken Knöchel geholt, als ich heute Morgen umgeknickt bin. Mir wurde plötzlich schwarz vor Augen. Um ein Haar wäre ich sogar gestürzt.«

»Ein Segen, dass das nicht passiert ist«, sagte Stefan erschrocken und ging voraus ins Wohnzimmer.

Als alle vier in der Sitzecke Platz genommen hatten, sagte Annika: »So, und nun erzählt ihr einmal genau, was euch widerfahren ist, so schlimm wie ihr ausseht. Zuerst einmal aber will ich euch verarzten. Verena, wo habt ihr euer Erste-Hilfe-Set?«

Als Annika zurückkam, hatte sich Verena bereits in die Küche geschleppt, um Kaffee zu kochen, was ihr einen ärgerlichen Blick ihrer Freundin und den Kommentar »Das hätte ich doch machen können« einbrachte.

Dann half sie ihr, die Tassen ins Wohnzimmer zu bringen, und sagte zu Peter: »So, schieß los.«

Peter berichtete, und als er beim Hinterhalt unweit des Ökohauses angekommen war, rief Annika erschrocken: »Die Sache wird nun langsam zu gefährlich. Ihr steigt da besser sofort aus.«

»Ganz so einfach, wie du dir das vorstellst, ist das nicht«, entgegnete Peter. »Wir haben schließlich einen Ermittlungsauftrag von Dr. Pfannmöller angenommen. Den können wir nicht einfach mal so hinschmeißen.«

Während Annika ratlos schwieg, sagte Verena nachdenklich zu ihr: »Die beiden sind mit Leib und Seele Detektive. Ich musste mich auch erst einmal daran gewöhnen, dass mein Freund einen gefährlichen Job hat. Du kannst mir glauben, es fiel mir nicht immer leicht. Aufgeben ist nicht ihr Ding, und aus heutiger Sicht muss ich zugeben, ich würde es auch gar nicht wollen. Schließlich bin ich sehr stolz auf meinen Onkel und meinen Verlobten. Als man mich letztes Jahr entführt und verschleppt hatte, haben die beiden auch nicht aufgegeben. Wer weiß, was aus mir geworden wäre, wenn ich noch länger verletzt und orientierungslos dort oben auf den Taunushöhen herumgeirrt wäre.«

Stefan und Peter waren viel zu verblüfft, um viel sagen zu können. Mit dieser Schützenhilfe hatten sie nicht gerechnet.

»Danke, Schatz«, sagte Stefan schließlich begeistert, aber Verena bremste ihn gleich wieder: »Eine Forderung habe allerdings auch ich an euch.«

»Und die wäre?«, fragte Peter.

»Auf mich hat Hauptkommissar Hundt letzten Sonntag einen recht guten Eindruck gemacht. Mit ihm werdet ihr euch kurzschließen. Das ist meine Bedingung, damit ihr weitermachen dürft.«

»Okay, aber wir müssen vorher noch einiges abklären. Vielleicht gehen wir schon am Montag zu ihm.«

»Nicht vielleicht, auf jeden Fall.«

»Damit können wir leben«, stimmte nun auch Stefan zu.

»Ich bin nur froh, dass Sven bei seinem Freund in Darmstadt ist«, sagte Annika. »Es wäre mir ganz und gar nicht recht gewesen, wenn mein Sohn euch in eurem Zustand gesehen hätte. Schließlich bemühe ich mich redlich, ihn zu einem gewaltfreien Leben zu erziehen.«

»Du kannst unmöglich alles von ihm fernhalten«, sagte Peter.

»Ich weiß, aber ich versuche es, soweit es eben geht.«

»Im Leben gibt es manchmal Momente, da ist es unumgänglich, sich auch mit körperlichem Einsatz zu verteidigen«, sprang Stefan seinem Freund bei.

»Das kommt immer auf den Standpunkt an. Man kann einem Streit auch schon im Vorfeld aus dem Weg gehen.«

Peter ahnte, dass es in dieser Frage bestimmt auch in

ihrer gemeinsamen Zukunft noch zu Streitereien zwischen ihm und Annika kommen würde, und so verkniff er sich den Kommentar, dass die Kinder, die von ihren Mitschülern bedrängt wurden, diese Möglichkeit in aller Regel nicht hatten.

Stattdessen meinte Stefan, dass sie nun den Fall noch einmal durchsprechen müssten, da sie in den vergangenen eineinhalb Wochen nicht einen Schritt weitergekommen seien.

»Nicht weitergekommen?«, sagte Peter. »Immerhin haben wir ein Foto von dem Typen, der die Schläger anführte. Und das Beste daran ist, dass er selbst nichts davon weiß.«

»Hilft uns das?«, fragte Stefan scheinheilig, da er es vermeiden wollte, vor Annika von Oliver Krause zu sprechen, aber Peter sagte prompt: »Wir haben doch Olli.«

»Wer ist denn Olli?«, fragte Annika sofort.

»Das ist ein mit uns befreundeter Computerspezialist und Hacker.«

»Hacker? Heißt das etwa, der dringt für euch illegal in Computersysteme ein?«

»Manchmal ist es eben nötig, auf solche Hilfe zurückzugreifen«, sagte Peter vorsichtig, und ihm war klar, dass er Annika jetzt nicht mit Informationen überfrachten durfte.

Unterdessen war Stefan aufgestanden und ins zukünftige Kinderzimmer hinübergegangen, wo zurzeit noch sein Computer stand. Als er fünf Minuten später zurückkam, schwenkte er ein Foto in der Hand.

»Der Typ ist echt fotogen. Ich hab Olli unser Material geschickt und uns auch gleich ein Foto ausgedruckt. Vielleicht solltest du Oliver anrufen und ihm die Einzelheiten erklären.«

Peter nickte anerkennend, wählte die Nummer und hatte den Computerspezialisten nur Sekunden später an der Strippe.

»Hallo, Olli! Stefan hat dir gerade ein Bild gemailt …«

»Habs schon gesehen. Ihr braucht die Identität des Mannes?«

»Erraten. Und alles, was du sonst noch über ihn finden kannst.«

»Das kann aber etwas dauern.«

»Wie lange? Ist Mona bei dir?«

»Nein, sie arbeitet noch.«

»Ach, deshalb hab ich dich so schnell erreicht. Hab mich schon gewundert.«

»Sie müsste aber bald kommen, dann wird sie mich unterstützen.«

»Prima. Wann kann ich denn mit einem ersten Ergebnis deiner Bemühungen rechnen?«

»Heute nicht mehr, aber ich werde alle meine Rechner drauf ansetzen. Du wirst noch im Laufe des Wochenendes von mir hören.«

Als Peter aufgelegt hatte, sagte Stefan: »Das hört sich ja nicht mal schlecht an. Aber abgesehen davon werde ich das Gefühl nicht los, dieser Tom Ginther ist ganz gezielt in die Adalbertstraße gefahren.«

»Klar doch«, sagte Peter spöttisch. »Durch Zufall werden uns die Schläger bestimmt nicht gefunden haben.«

»Du verstehst mich nicht, Peter.«

»Dann sprich bitte nicht in Rätseln.«

»Ich bin der Meinung, dass der Hinterhalt am Westbahnhof nicht der eigentliche Grund unserer Tour dorthin war.«

»Jetzt machst du mich aber neugierig. Wie kommst du darauf?«

»Halt mich bitte nicht für übergeschnappt, aber ich finde, dieser Ginther hat seinen schweren Wagen viel zu routiniert in diese engen Parkbuchten manövriert. Das war garantiert nicht das erste Mal.«

»Leck mich am Arsch, du hast absolut recht. Da hätte ich selbst draufkommen müssen, zumal der Überfall auf mich irgendwie improvisiert gewirkt hat. Aber was schließt du denn daraus?«

»Die Jungs haben uns aus Blödheit in die Nähe von ihrem Boss geführt, und der musste schnell reagieren, um von sich abzulenken.«

»Genauso sehe ich das auch.«

»Vielleicht war es auch ein Missverständnis?«, vermutete Verena.

»Schon möglich, denn als Ginther telefonierte, fuhr dieser Lastwagen vorbei.«

»Genau so wird's gewesen sein«, stimmte auch Peter mit ein und fügte hinzu: »Gleich morgen werden wir diese Gegend etwas genauer unter die Lupe nehmen. Aber jetzt bin ich müde und spüre jeden Knochen. Lass uns noch ein Glas Wein zusammen trinken, und dann ab in die Falle.«

Carl Neuhaus' Abend war weit weniger entspannt, was aber nur zu einem kleinen Teil an den schmerzenden Rippen und blauen Flecken lag, die er am Morgen kassiert hatte. Ihm stand noch ein Telefonat bevor, vor dem es ihm grauste. Er musste Horst von dem Debakel, wie er es nannte, unterrichten und ihm eingestehen, dass er die Situation völlig unterschätzt hatte, obwohl er vorgewarnt gewesen war. Wie hätte er auch ahnen sollen, dass Peter Stettner und vor allem sein Junior-Partner asiatische Kampftechniken beherrschten?

Auch wenn er seit frühester Kindheit mit ihm befreundet war, war Horst immer noch sein Chef. Wenn Carl Glück hatte, würde er nur gehörig den Kopf gewaschen bekommen. Aber Horst hatte gesagt, dass es über ihm noch weitaus mächtigere Leute gab. Bislang hatte Carl immer geglaubt, sein Boss sei der uneingeschränkte König der Frankfurter Unterwelt, aber nun … Wenn diese Leute in ihm, Carl Neuhaus, am Ende gar eine Gefahr für sich sahen – was würden sie mit ihm machen?

Er wagte den Gedanken nicht zu Ende zu denken, griff nach dem Telefon und wählte die Nummer eines Telefonanschlusses, der auf den Namen einer alten Dame angemeldet war und den niemand mit kriminellen Machenschaften in Verbindung brachte. Die Mutter einer Putzfrau, die in einem von Horsts Nachtlokalen sauber machte, wusste nicht, für wen sie da ihren guten Namen hergab. Sie war nur froh, dass sie damit ihre kärgliche Rente etwas aufbessern konnte und nicht ihrer Tochter auf der Tasche liegen musste. Horst hatte ihr eine rührselige Geschichte von einer verbotenen Liebe erzählt und so die Sentimentalität der alten Dame ausgenutzt, die über Jahre hinweg selbst die heimliche Geliebte eines reichen Unternehmers gewesen war. Dass er nur für seine dubiosen Geschäfte lebte und nicht einmal eine Freundin hatte, wusste sie nicht. So hatte sie nicht die geringste Ahnung davon, wem sie da half. Wenn sie gewusst hätte, dass dieser elegante, stattliche Mann ein Schwerverbrecher war und sie für ihn eine den Behörden unbekannte Notfallleitung bereithielt, hätte vermutlich auch sie keine Nacht mehr ruhig schlafen können.

All das raste Carl Neuhaus durch den Kopf, als er dem Freizeichen lauschte.

»Ja?«

»Hallo, Horst, ich bin es – Carl.«

»Ein bisschen spät, was? Dein Versagen ist mir schon von anderer Seite zugetragen worden.«

»Etwa von …«, konnte Carl nur sagen, denn ein gigantischer Kloß versperrte plötzlich seine Kehle.

»Nein, die hohen Herren wissen noch nichts. Wenn das so wäre, würde die Luft für uns beide jetzt verdammt dünn. Aber ich habe auch andere Quellen.«

»Wer hat denn …«

»Das tut jetzt nichts zur Sache. Normalerweise würden die hohen Herren jetzt von mir erwarten, dass ich dich unverzüglich eliminiere. Da du aber schon seit Jahrzehnten mein Freund bist, gebe ich dir noch eine allerletzte Chance, hörst du? Hat der Typ dich unvermummt gesehen?«

»Ja.«

»Meinst du, er hat dich erkannt?«

»Ich denke nicht.«

»Haben die ein Foto von dir gemacht?«

»Nein, ganz bestimmt nicht«, sagte Neuhaus wider besseres Wissen, denn er bekam es nun wirklich mit der Angst zu tun.

»Na wenigstens etwas. Aber die Detektive müssen verschwinden, bevor die Sache völlig aus dem Ruder läuft.«

»Wie … wie meinst …«

»Wie wohl!«, fuhr Horst seinen Freund an.

»Jemanden krankenhausreif zu schlagen oder einer Frau die Kleider vom Leib zu reißen, das ist eine Sache. Aber Mord?«

»Ich habe nicht gedacht, dass du ein solcher Schlappschwanz bist!«, entgegnete Horst scharf. »Wenn du es nicht selbst machen willst oder kannst und sich in deinen Reihen niemand dafür findet, dann kann ich dir eine Telefonnummer in Italien geben, und du bekommst einen Profi dafür. Das wäre wahrscheinlich ohnehin die sauberste Lösung. Es gibt einfach weniger Spuren. Er taucht aus dem Nichts auf, erledigt seinen Job und verschwindet danach still und leise.«

»Ja, klar, wird das Beste sein«, meinte Carl Neuhaus kleinlaut, ließ sich die Nummer geben und legte auf.

So langsam wuchs ihm die Sache über den Kopf. Hätte er geahnt, wohin ihn das führen konnte, hätte er sich nicht bereit erklärt, zum Handlanger seines langjährigen Freundes zu werden. Dabei hatte er sich wirklich gefreut, als Horst vor mehr als einem Jahrzehnt aus dem Knast gekommen war, in Wiesbaden einen Nachtclub eröffnet und ihn gefragt hatte, ob er mit von der Partie wäre. Carl, der bis dahin in Gießen gelebt und sich mit Diebstählen und kleineren Betrügereien mehr schlecht als recht über Wasser gehalten hatte, war begeistert nach Wiesbaden gezogen. Er hatte sich auch nicht gewundert, als Horst nach nur zwei Jahren ein neues Nachtlokal in Frankfurt eröffnen konnte und innerhalb kürzester Zeit zu einer wahren Größe im Rotlichtmilieu aufstieg. Sein Freund hatte eben das gewisse Etwas, das ihn immer wieder auf die Füße fallen ließ. Selbstverständlich war Carl mit ihm nach Frankfurt gegangen und hatte in seinem Auftrag an einigen Problemschulen dieses Rauschgiftgeschäft aufgebaut. Schon das war Carl eigentlich eine Nummer zu groß gewesen. Aber der Mensch wächst mit seinen Aufgaben, hatte er sich gesagt und zugepackt. Insgeheim hatte er darauf gehofft, irgendwann von Horst zu seinem Nachfolger bestimmt zu werden, schließlich war er fast zwanzig Jahre jünger als er. Doch jetzt war alles ganz anders gekommen. Horst war gar nicht der große Zampano, für den Carl ihn immer gehalten hatte, und die Leute, die über ihnen standen, waren weitaus mächtiger, als er es sich vorzustellen wagte. Nun musste er derentwegen sogar einen Doppelmord in Auftrag geben. Denn die Sache selbst zu erledigen, das schied für ihn von vornherein aus.

Er starrte zuerst das Telefon an, danach die Telefonnummer in seiner Hand, und ein kalter Schauer fuhr über seinen Rücken.

Ich werde noch eine Nacht darüber schlafen, ob ich diese Nummer wirklich anrufe, dachte er.

Mit der trügerischen Sicherheit, für diesen Tag der Entscheidung entronnen zu sein, holte er sich zwei Flaschen seines besten Rotweins aus dem reichlich bestückten Weinkeller, setzte sich in seinen bequemen Lehnstuhl und begann, sich volllaufen zu lassen.

Auch der Mann, der von Carl immer Boss genannt wurde, hatte alles andere als einen beschaulichen Abend. Er ahnte, nein, im Grunde wusste er es, dass er sich auf Carl Neuhaus nicht mehr verlassen konnte. So sehr er Carl auch mochte, förderte und forderte, er war und blieb ein Weichei. Was das bedeutete, war eigentlich klar. Aber Carl war so etwas wie ein kleiner Bruder für ihn, und schon ihre Väter hatten sich gekannt. Carl hatte als Kind öfter mal bei ihnen gelebt, wenn sein Vater für einige Monate ins Gefängnis musste. Horst hätte ihn gern zu seinem Nachfolger gemacht, wenn er aus Altersgründen einmal abtreten musste, aber das war nicht erst nach diesen Fauxpas völlig illusorisch, das bloße Vorhaben vermutlich sein größter Fehler. Denn nun konnte Horst froh sein, wenn sie beide einigermaßen unbeschadet aus der Sache herauskamen und ihre Köpfe nicht rollten. Schließlich spielten seine Bosse in einer ganz anderen Liga. Er war zwar der höchste sichtbare Mann vor Ort und das Bindeglied zu den wirklich Mächtigen, aber was besagte das schon. Außer ihm und vielleicht einigen Beamten beim OK wusste hier in Frankfurt niemand, dass es *die da oben* überhaupt gab, und selbst er hatte keinen blassen Schimmer, mit wem er es wirklich zu tun hatte.

Wenn er mit ihnen zusammentraf, was in den letzten fünf Jahren genau sieben Mal der Fall gewesen war, hatte er von ihnen immer präzise Anweisungen bekommen und sich strikt daran gehalten. Für gewöhnlich ließ man ihm aber freie Hand, denn sie wussten, dass sie sich auf ihn verlassen konnten. Sie hatten sich immer an einem einsamen Ort, zum Beispiel einem leer stehenden Haus, weitab der Bebauungsgrenze getroffen, sein Gegenüber war bis zur Unkenntlichkeit maskiert und die Stimme elektronisch verzerrt gewesen. Theoretisch hätte es auch eine Frau sein können. So waren sie vollkommen sicher, dass er selbst unter dem Druck der Behörden nichts über sie ausplaudern konnte. Und trotzdem war zu erwarten, dass sie sein Versagen nicht hinnehmen und ein Exempel an ihm und Carl statuieren würden.

Das hieß, er musste nun seinerseits eine Nummer anrufen, die er in all den Jahren, die er nun die Geschicke der Organisation in Frankfurt lenkte, erst zwei Mal hatte wählen müssen. Beide Male endete es damit, dass sie auf seinen Hinweis hin eine Schwachstelle ausschalteten. Schweren Herzens nahm er den Hörer ab und wählte.

Er hörte, wie am anderen Ende abgenommen wurde und eine verzerrte Stimme sagte: »Hier ist Dracula, was gibt's?«

»Hier ist der King. Ich muss mit Ihnen reden.«

»Ich hab schon auf Ihren Anruf gewartet.«

»Sie wissen Bescheid?«

»Über alles. Sieht nicht sehr gut für Sie aus. Sind Sie noch Herr der Lage? Haben Sie alles im Griff?«

»Selbstverständlich.«

»Sind Sie ganz sicher?«

»Absolut.«

»Okay, belassen wir es erst mal dabei. Was mich viel mehr interessiert, ist, ob Sie in der Öffentlichkeit mit den Vorgängen in Verbindung gebracht werden. Wie sieht es damit aus?«

»Es ist alles okay.«

»Da hab ich etwas anderes gehört.«

»Kann nicht sein«, sagte Horst so überzeugend wie möglich und hoffte, dass der Mann am anderen Ende der Leitung nur bluffte.

Doch anscheinend hatte er es geschafft, die Bedenken des Mannes zumindest, was ihn anging, zu zerstreuen, denn dieser fragte: »Auch bei Ihren Mitarbeitern?«

»Ja«, sagte Horst und fragte sich gleichzeitig, ob sein Gesprächspartner wohl das kurze Zögern überhört hatte.

Hätte er geahnt, dass der, der sich Dracula nannte, in diesem Moment beschloss, ihn einer gründlichen Prüfung zu unterziehen, wäre ihm kein bisschen wohler geworden, denn am Ende konnte die Entlastung, aber auch die Liquidation stehen.

»Ich habe Carl, meinen besten Mitarbeiter, gebeten, die beiden Detektive eliminieren zu lassen.«

»Sehen Sie zu, dass Sie die Sache zügig in den Griff bekommen. Wenn Ihre Verbindung zu uns bekannt wird, kann ich absolut nichts mehr für Sie tun. Das wäre bei unserer bisher so guten Zusammenarbeit schade, aber die Gefahr für uns sind Sie, nicht diese Detektive. Denn die wissen nichts von unserer Existenz.«

Horst brach der kalte Schweiß aus, so sehr hatten diese Worte, die so mitfühlend taten, ihn bis ins Mark getroffen.

»Ist klar«, sagte er stockend und war fast schon froh, dass sein Gesprächspartner das Telefonat beendete, indem er einfach auflegte.

Völlig geschafft ließ Horst sich im Sessel zurücksinken und sah auf die Uhr. Es war nicht einmal sieben, und er war so müde, als ob es schon Mitternacht wäre. Deshalb stand er schwerfällig auf, ging in den ersten Stock seiner repräsentativen Villa am Sachsenhäuser Berg und legte sich im kleinen Salon kurz hin. Eigentlich wollte er nur seine immer bohrender werdenden Kopfschmerzen in den Griff bekommen. Doch schon nach wenigen Minuten fiel er in einen tiefen Erschöpfungsschlaf.

In der Amtsstube einer Behörde im Rhein-Main-Gebiet saß ein leitender Beamter mittleren Alters und starrte das Mobiltelefon in seiner Hand an. Dieses Telefon, von dessen Existenz nicht einmal seine Frau etwas ahnte, hatte er *Rotes Telefon* genannt, weil es immer irgendwo brannte, wenn es klingelte. Auf wessen Namen es angemeldet war oder wer die Rechnung dafür bezahlte, wusste er nicht, denn das hatte die Organisation, für die er tätig war, für ihn arrangiert.

Nachdem er seine Bürotür sorgfältig verschlossen und sich vergewissert hatte, dass niemand in der Nähe war, der ihn belauschen konnte, war er bereit, das Gespräch, das nichts Gutes verhieß, anzunehmen. Und tatsächlich war das, was sein Mitarbeiter in Frankfurt ihm berichtete, ziemlich besorgniserregend.

Nicht dass er etwa befürchten musste, seine Anonymität sei auch nur andeutungsweise in Gefahr. Dafür hatte er bestens vorgesorgt. Dieser Nachtclubmanager am Apparat hatte nicht die blasseste Ahnung, wer er war, auch wenn er vermutlich ahnte, dass er über eine Position mit viel Einfluss verfügte. Aber schon mit der Annahme, er wäre in Frankfurt zu Hause, wäre er vollkommen auf dem Holzweg gewesen.

Das mühsam aufgebaute Geschäft in Frankfurt und die Spitzenposition, die er mit seinen Leuten unter den kriminellen Organisationen dort erreicht hatte, drohten ins Wanken zu geraten; das musste um jeden Preis verhindert werden. Denn auch er war weitaus mächtigeren Personen innerhalb seiner Organisation Rechenschaft schuldig. Er hatte zwar überall zwischen Mainz, Gießen, Hanau und Darmstadt seine Finger im Spiel, aber Frankfurt war nun mal der stärkste und ausbaufähigste Markt der Region. Das wussten auch seine Bosse.

Müde sah er zur Wanduhr hin und dachte: Ich darf nicht mehr allzu lange bleiben, sonst werden die wenigen Kollegen, die noch im Haus sind, misstrauisch. Meine Tarnung ist mein Kapital.

Selbst er als Amtsleiter blieb freitags selten länger als bis halb acht im Büro. Entschlossen riss er sich vom Anblick des Telefons, das wie ein Fremdkörper auf seinem Schreibtisch lag, los, und wählte eine Nummer, die nur in seinem Gedächtnis notiert war. Nur wenig später kam die Verbindung zustande, und schon bald redete er leise, aber wild gestikulierend auf seinen Gesprächspartner ein. Schließlich wusste er nur zu genau, dass innerhalb der Organisation so gut wie niemand unersetzlich war. Immerhin hatte er selbst schon oft genug den Befehl zur Liquidation unliebsam gewordener Mitarbeiter gegeben.

Als er fertig war, hörte er seinerseits einige Minuten lang mit versteinerter Miene zu und sagte demütig: »Ich werde alles zu Ihrer Zufriedenheit regeln.«

Dann legte er auf, schaltete das Telefon ab und steckte es in die Außentasche seines Sakkos. Anschließend nahm er seine Aktentasche und verließ das Büro.

Draußen im Flur begegnete ihm ein ähnlich hochrangiger Kollege, der oft mit ihm zusammen das Amt verließ. Sie grüßten einander, wechselten einige belanglose Sätze und strebten ihren Fahrzeugen in der Tiefgarage zu. Während der andere leitende Beamte sich in einen funkelnagelneuen BMW der Siebener-Reihe setzte, stieg Dracula in einen deutlich älteren Wagen gleichen Typs und fuhr nach Hause in den Odenwald. Hier wartete in einem schönen Bungalow seine junge Frau auf ihn, die gerade mit ihrem zweiten Kind schwanger war. Vom Doppelleben ihres Mannes hatte sie nicht die geringste Ahnung.

Am Samstagmorgen waren Peter und Stefan schon zeitig im Büro. Unter lautem Stöhnen kümmerten sie sich, während sie auf Ollis Rückruf warteten, wieder einmal um die ungeliebte Buchführung. Annika hatte ihnen hoch und heilig versprechen müssen, ihnen dabei unter die Arme zu greifen, sobald sie mit Sven aus Darmstadt zurück war. Bis dahin aber mussten sie selbst Hand anlegen. Stefan schichtete unwillig die Rechnungsbelege um, während Peter versuchte, mittels Telepathie den vor ihm liegenden Quittungsberg zu verkleinern.

»Du meine Güte, der Haufen wird aber auch kein bisschen kleiner«, stöhnte Peter, und Stefan stimmte zu: »Nee, kein bisschen.«

Endlich war es zehn Uhr, das Telefon begann durchdringend zu läuten, was die beiden erleichtert als willkommene Abwechslung empfanden. Als dann auch noch Olli dran war, war ihr Glück perfekt.

Nahezu gleichzeitig fragten sie: »Hallo, Olli, was gibt's Neues?«

»So einiges«, sagte dieser knapp. »Es war zwar verdammt schwer, da ranzukommen. Aber letztendlich haben meine

Wunderkästen alle Daten ausgespuckt, und stellt euch vor – sogar auf legalem Weg.«

»Red keinen Stuss, erzähl lieber, was Sache ist«, sagte Peter ungeduldig, denn so sehr Ollis Hektik früher auch genervt hatte, seit er Mona kannte, war er derart die Ruhe in Person, dass es Peter erst recht nervte.

»Nachdem ich erst einmal wusste, wonach ich suchen musste, war alles ein Kinderspiel. Auf der Internetseite seiner Firma bin ich fündig geworden. Der Mann heißt Carl Neuhaus und betreibt einen Spirituosengroßhandel.«

»Ah ja«, sagte Peter etwas enttäuscht, und auch Stefan schaute ernüchtert drein. Mit etwas derart Unspektakulärem hätten sie nicht gerechnet.

»Jetzt wartet doch mal, ich bin ja noch nicht fertig.«

»Dann lass dir bitte nicht jedes Wort einzeln aus der Nase ziehen; wir haben nur wenig Zeit«, sagte Peter ungeduldig.

»Wenn du mich nicht ständig unterbrechen würdest, wüsstest du schon, dass sein Firmensitz in der Adalbertstraße unweit des Frankfurter Westbahnhofs ist. Seid ihr nicht dort ganz in der Nähe überfallen worden?«

»Richtig«, rief Peter und murmelte: »Sieht aus, als ob Stefan recht hätte.« Dann sagte er wieder laut zu Olli: »Es ist nur schade, dass du nichts über die Geschäftsbeziehungen von diesem Carl Neuhaus herausbekommen hast.«

»Wer sagt denn das?«

»Du bist spitze. Dann spucks aus.«

»Langsam«, bat Olli, »ich hab mir alles aus dem Gedächtnis notiert, denn ich bin, und das war dann doch nicht so legal, nur kurz in das Netzwerk der Spirituosengroßhandlung eingedrungen.«

»Du traust dich was.«

»Es war übrigens Monas Idee, dass wir uns die Kundenliste der Firma genauer ansehen sollten.«

»Die Frau ist genauso genial wie du.«

»Danke für die Blumen – ich gebe sie gern weiter. Dieser Neuhaus scheint sich allerdings sehr sicher zu fühlen, ich hätte nicht erwartet, so leicht an die Daten zu kommen.«

»Dann erzähle weiter, jetzt wird's spannend.«

»Für einen Großhandel hat die Firma *Tequila and more*, wie sich der Laden nennt, eigentlich viel zu wenig Kunden. Denn die sieben oder acht Hochkaräter aus der Frankfurter Gastronomieszene, die er regelmäßig beliefert, machen nicht einmal zehn Prozent seines Umsatzes aus. Die restlichen neunzig macht er mit nur sechs Lokalen im Frankfurter Rotlichtbereich.«

»Donnerwetter«, sagte Peter erstaunt, und auch Stefan machte große Augen, denn schlagartig wurde ihnen klar, auf welchem Weg die Gangster das Rauschgift ins Land schmuggelten. »Daraus ergeben sich natürlich ganz neue Fragen, für die wir dich brauchen.«

»Das hab ich befürchtet«, meinte Olli. »Dann fangt mal an.«

»Du könntest dich als Erstes dahinterklemmen, wem diese Lokale im Rotlichtbereich gehören. Außerdem wäre es interessant zu erfahren, ob und wann dieser Neuhaus Lieferungen direkt aus dem Ausland bezieht.«

»Die Lokale gehören keiner einzelnen Person …«, begann Olli, und Peter kam aus dem Staunen nicht mehr heraus. Er hatte nicht damit gerechnet, dass Oliver bereits seine erste Frage beantworten konnte, »… sondern einer Love GmbH, die wiederum eine Tochter der Sandonia AG ist. Der Stammsitz befindet sich in Nassau.«

»Bei Limburg?«

»Nein, auf den Bahamas.«

»Danke dir. Kannst du das mit der Lieferung auch noch abklären?«

»Mach ich. Ich melde mich dann!«

Als Peter das Gespräch beendet hatte, sagte Stefan nachdenklich: »Hoffentlich wird Oliver nicht erwischt. Denn dass dieser Neuhaus seine Geschäftsdaten ungesichert lässt, kann ich mir wirklich nicht vorstellen.«

»Olli weiß schon, was er tut.«

»Im Regelfall vielleicht. Aber im Moment hat er weniger seine Arbeit als das warme Bett und seine Mona im Kopf.«

»Meinst du nicht, es reicht, Stefan?«, fragte Peter energisch. »Lass den Mann doch mal in Ruhe arbeiten. Außerdem zieht der Fall inzwischen bereits derart große Kreise, ich will besser gar nicht darüber nachdenken. Ich glaube, Annika hat recht: Der Fall ist inzwischen eine Nummer zu groß für uns. Wir sollten zumindest enger mit den Leuten vom OK zusammenarbeiten.«

Genau in diesem Moment klingelte erneut das Telefon, und Peter nahm ab.

»Ja, Olli?«

»Eben ist mir doch glatt ein Fehler unterlaufen«, hörte er Ollis aufgeregte Stimme. »Ich habe diesen Neuhaus völlig unterschätzt. Da war doch ein Sicherungssystem, super getarnt, beinahe hätten sie mich erwischt.«

»Verdammt noch mal, das gibt's doch nicht!«, entfuhr es Peter. »Können die am Ende zurückverfolgen …«

»Nein, keine Sorge. Ich hab ja meine eigenen Vorkehrungen. Nur sind die Leute jetzt eben vorgewarnt.«

»Scheiße, dann kommen wir auf diesem Weg nicht weiter.«

»Wer sagt denn so was? Hör mir doch erst einmal zu.

Alle Spirituosen-Transporte von Neuhaus werden innerhalb Europas von einer einzigen Spedition ausgeführt, dem Unternehmen Rogowski in Frankfurt-Fechenheim. Irgendwann nächste Woche, genauer ging es leider nicht, kommt eine Ladung Tequila aus Mexiko im Hamburger Hafen an. Der Container wird von dieser Spedition nach Fechenheim in die Adam-Opel-Straße gebracht. Mehr war nicht zu erfahren.«

»Das ist ja schon eine Menge, nur müsste man eben genau wissen, wann das stattfindet.«

»Da muss ich leider passen.«

»Kannst du nicht noch mal da reingehen?«

»Ausgeschlossen, das ist viel zu gefährlich. Selbst für mich. Vielleicht fällt euch ja noch was Besseres ein. Viel Glück, und haltet mich bitte auf dem Laufenden, die Sache interessiert mich enorm.«

»Klar, machen wir«, versprach Peter und beendete das Gespräch. Dann sagte er zu Stefan: »Langsam wird mir die Sache zu riskant, um da weiter ohne Polizei mitzumischen. Ich fürchte, ab jetzt müssen wir mit ihnen zusammenarbeiten.«

10.

Nachdem Stefan zugestimmt hatte, hatte Peter Jakob Hundt angerufen und ein Treffen noch für den gleichen Abend vereinbart.

Nun saßen sie im Wohnzimmer von Stefan und Verena, und Peter hatte seinen Bericht gerade beendet. Der Beamte war schockiert, welche Ausmaße der anfangs so harmlos aussehende Fall von Gewalt unter Schülern angenommen hatte.

»Gute Arbeit«, lobte er. »Ich schlage allerdings vor, dass wir bei diesen Ausmaßen das Dezernat OK hinzuziehen. Wenn Sie nichts dagegen haben, telefoniere ich kurz mit dem Leiter und bestelle ihn direkt hierher.«

»Wer ist denn dort jetzt Chef?«

»Jürgen Eisele. Kennen Sie ihn?«

»Na klar.«

Hundt bekam eine Verbindung ins Präsidium und fragte sich zu Hauptkommissar Eisele durch, was sich als recht mühselig erwies. Da sein »Gewalt an Schulen«-Dezernat im gesamten Präsidium anscheinend nicht allzu ernst genommen wurde, musste er sich erst einmal Gehör verschaffen. Doch als er endlich den richtigen Mann an der Strippe hatte, wandte er sich kurz zu Peter um, grinste ihn an und sagte dann zu Eisele: »Herr Kollege, ich bin da an einer Schule auf eine Sache gestoßen, die für Ihre Abteilung durchaus von Interesse sein könnte. In diesem Zusammenhang habe ich auch Erkenntnisse darüber gewonnen, auf welchem Weg das Rauschgift an die Schulen kommt.«

»Was!«, rief Jürgen Eisele so laut, dass die anderen im Wohnzimmer ihn ohne jede Mühe durch den Hörer verstehen konnten.

»Können Sie so schnell wie möglich nach Kelkheim in die Krakauer Straße kommen? Ich bin hier bei Privatdetektiven.«

»Sind Sie jetzt völlig wahnsinnig geworden, Hundt? Sie beziehen Ihre Infos von Amateuren? Was sind die denn überhaupt wert?«

»Sehr viel! Sonst würde ich Sie kaum am Samstagabend belästigen. Der Name Peter Stettner dürfte Ihnen doch noch was sagen, oder?«

»Allerdings, und nicht …«

»Also kommen Sie bitte schnell und klingeln bei Weimershaus«, fiel Hundt seinem Kollegen ins Wort und legte schnell auf.

So blieb dem Hauptkommissar keine Wahl, er musste kommen, wenn er das Risiko ausschließen wollte, dass ihm wertvolle Informationen durch die Lappen gingen.

»Der war aber alles andere als begeistert«, stellte Verena fest, und Hundt erklärte ihr: »Das kann ich ihm im Grunde nicht mal verübeln. Wenn ich erfahre, dass ein Privatdetektiv bei einer Sache mitmischt, dreht sich mir auch erst einmal der Magen um.«

»Na, vielen Dank«, kommentierte Peter säuerlich.

»Ich sage das ja nur im Allgemeinen. In Ihrem Fall ist das inzwischen völlig anders. Zum einen kenne ich Ihre Vergangenheit bei der Kripo, Herr Stettner, zum anderen habe ich die Arbeitsweise Ihrer Detektei als gründlich und äußerst gewissenhaft kennengelernt. Eisele jedoch noch nicht. Wenn er Sie alle erst einmal kennt, wird sich das schon ändern. Glauben Sie mir.«

»Ihr Wort in Gottes Ohr«, sagte Stefan skeptisch. »Ich hatte viel eher den Eindruck, dass er unseren Berufsstand weder zu schätzen weiß, noch sich näher mit ihm auseinandersetzen möchte.«

»Das wird nicht mehr lange so bleiben, da bin ich mir sicher. Außerdem bin ich gespannt zu erfahren, wer denn nun hinter dieser Love GmbH steckt. Die vom OK wissen das ganz bestimmt.«

Genauso erging es auch Stefan, Peter, Verena und Annika. Trotzdem nutzten sie die nächsten Minuten, um mit dem Kommissar einige private Worte zu wechseln, und ihnen allen wurde der Mann immer sympathischer. Deshalb bot Verena ihm zum Kaffee auch ein zweites Glas Bier an.

»Da lasse ich mich nicht zweimal bitten«, grinste Hundt. »Schließlich bin ich schon seit zwei Stunden nicht mehr im Dienst.« Er nahm einen langen Zug und fragte Annika anschließend: »Wo ist denn eigentlich Ihr Sohn, Frau Fahrwaldt?«

»Er ist drüben in der Hauptstraße, in Herrn Stettners Haus und ziemlich sauer.«

»Wieso das denn?«

»Er hätte nur zu gern dieser Besprechung gelauscht, aber da bin ich strikt dagegen. Ich will nicht, dass er allzu viel vom Beruf meines äh … Mannes mitbekommt. Die Welt ist auch so schon brutal genug. Außerdem könnte er dann mal wieder vor Aufregung die halbe Nacht nicht schlafen.«

»Du kannst mich ruhig deinen Mann nennen, Annika. Wir werden ohnehin …«, hob Peter gerade an zu erklären, als es klingelte. Während Stefan aufstand und zur Tür ging, brach Peter mitten im Satz ab, sodass unklar blieb, ob er wirklich »heiraten« sagen wollte. Immerhin hatten sie dieses Thema, wenn sie über ihre gemeinsame Zukunft sprachen, auch mit Rücksicht auf Sven, bislang erfolgreich vermieden.

In diesem Augenblick kam auch schon Stefan mit Jürgen Eisele im Schlepptau zurück. Der Mann vom Dezernat OK setzte sich ohne Aufforderung auf einen Sessel und blickte misstrauisch in die Runde.

»Mit wem habe ich es denn im Einzelnen zu tun?«, fragte er schnell. »Ich möchte mir ein Bild von dieser Gesellschaft machen.«

»Ich bin Peter Stettner, Sie werden mich vermutlich noch von früher kennen. Und der junge Mann mir gegenüber ist mein Geschäftspartner, Stefan Weimershaus.«

»Und die beiden Damen?«

»Das ist meine Verlobte sowie Herrn Stettners Nichte«, sagte Stefan und deutete auf Verena, »außerdem arbeitet sie gelegentlich in der Detektei mit.«

»Ja, als Mädchen fürs Grobe«, sagte Verena lachend.

»Und dies ist«, fuhr nun wieder Stefan fort, wurde aber gleich durch Peter unterbrochen: »meine zukünftige Frau Annika Fahrwaldt. Wenn sie nicht gerade in der Stiftung ihres verstorbenen Mannes arbeitet, sorgt sie in unserer Buchhaltung für Ordnung. Sie sehen, wir sind alle vier mit diesem Fall vertraut.«

Annika war viel zu verblüfft, um auch nur ein Wort zu sagen. Strahlend sah sie zuerst Peter an und dann in die Runde, denn dass sie quasi im Vorbeigehen von Peter einen Heiratsantrag gemacht bekam, damit hatte sie keinesfalls gerechnet. Aber auch Jürgen Eisele war verblüfft und überrascht, was aber vor allem damit zusammenhing, dass er es neben Hundt gleich mit vier weiteren Personen zu tun hatte.

»Welche Neuigkeiten haben Sie denn für mich?«

Nun begannen Peter und Stefan abwechselnd zu berichten, wie sie über Dr. Pfannmöller an diesen Auftrag herangekommen waren.

Der Kriminalbeamte nahm es mit zunehmender Ungeduld zur Kenntnis und fragte bei der nächstbesten Gelegenheit: »Das ist ja alles schön und gut, aber um mir das zu erzählen, haben Sie mich hoffentlich nicht hier herausgelockt?«

»Jürgen«, beschwichtigte Hundt seinen Kollegen, »die beiden wollten damit doch nur andeuten, dass sie keine wüsten Abenteurer sind, die unbedingt überall mitmischen müssen, sondern eher zufällig in den Fall hineingeschlittert sind.«

Nun übernahm Peter wieder und berichtete, was sie über die Verteilwege der Drogen herausgefunden hatten. Er fing an bei den Zehnjährigen und endete mit Lukas Aderholt und seinem Vater. Als das noch immer keine Reaktion beim Hauptkommissar hervorrief, brachte er Tom Ginther, den roten Ford Mustang sowie Ginthers Freunde Lars und Benjamin ins Spiel.

»Diesen Ginther beschatten wir selbst seit einigen Wochen«, warf Eisele genervt ein, »ich hoffe nur, Sie haben sich nicht zu dämlich angestellt und so diese Leute vorgewarnt. Damit hätten Sie uns einen Bärendienst erwiesen.«

»Abwarten«, konterte Peter, »wenn Ihre Leute jetzt auffallen, werden die denken, es sind auch Privatdetektive.«

»Also – war da was?«

»Wir sind in einen Hinterhalt gelockt worden und wurden von einer Gruppe attackiert, die sich um Carl Neuhaus schart.«

Als der Name Neuhaus fiel, riss Jürgen Eisele die Augen weit auf und starrte die Detektive fassungslos an.

»Was wissen Sie über diesen Mann?«

»Er besitzt einen Spirituosengroßhandel in der Nähe des Westbahnhofs, unweit der Stelle, an der wir attackiert wurden. Genau genommen in der Adalbertstraße.

Dem Mann von Dezernat Organisierte Kriminalität verschlug es nun gänzlich die Sprache. Diese Amateure hatten in nicht einmal zwei Wochen annähernd genauso viel herausgefunden wie seine professionell arbeitende Abteilung in monatelanger Kleinarbeit!

»Wissen Sie noch mehr?«, presste er hervor.

»Ein bisschen, ja ...«

»Dann lassen Sie sich doch um Himmels Willen nicht jedes Wort einzeln aus der Nase ziehen! Irgendwann möchte ich schließlich auch einmal Feierabend machen.«

Stefan verdrehte die Augen, berichtete dann aber, was sie im Zusammenhang mit Neuhaus' Firma und der Spedition Rogowski herausgefunden hatten. Abschließend sagte er: »Die Geschäftskontakte Neuhaus' in die örtliche Gastronomie sind eher spärlich, sein Hauptabnehmer scheint eine gewisse Love GmbH zu sein, die in Frankfurt sechs Nachtlokale betreibt. Diese Love GmbH wiederum gehört zur Sandonia AG, die ihren Sitz in Nassau auf den Bahamas hat.«

Einen Augenblick lang saß Eisele stocksteif da, dann sagte er gefährlich leise: »Wie haben Sie das alles herausbekommen? Das ging doch sicherlich nur über illegale Kontakte, oder?«

»Sie werden verstehen, dass wir Ihnen keine Auskünfte zu unseren Informanten geben können«, parierte Stefan souverän. »Unsere Quellen müssen genau wie bei Ihnen geheim bleiben, wenn sie nicht für immer versiegen sollen. Leider konnten wir nicht herausbekommen, wer hinter der Sandonia AG steckt. Wissen Sie da mehr?«

»Nein«, sagte Eisele bitter, und man hatte zum ersten Mal den Eindruck, dass er vorbehaltlos offen war. »Die Behörden auf den Bahamas arbeiten zwar in der Regel gut mit uns zusammen, aber in diesem Fall ist man alles andere als kooperativ. Selbst auf dem langen und mühsamen Amtsweg war nichts zu erfahren.«

»Wer hier in Deutschland der Lizenznehmer für die Ausschanklizenz ist, wissen Sie nicht zufällig?«, fragte Peter nun.

»Doch, aber ich sage es Ihnen nicht«, meinte Eisele zugeknöpft, überlegte es sich dann aber anders und sagte: »Es ist ein gewisser John Christie, Geburtsland Bahamas.«

»Der führt hier vor Ort die Geschäfte?«

»Nein. Deshalb ist es ja so schwierig, irgendetwas herauszufinden. Umso verblüffter bin ich, was Sie alles wissen. Nicht dass Sie mir viel Neues erzählt hätten, nein, gewiss nicht. Lediglich die Verteilwege innerhalb der Schule erschließen sich uns nun besser. Das fällt aber ohnehin eher in Hundts Bereich«, sagte der Kommissar grinsend.

»Aber jemand muss doch hier in Frankfurt die Fäden ziehen.«

»Klar, aber es ist ganz sicher nicht dieser Christie.«

»Wer denn? Wir waren sehr offen zu Ihnen, helfen Sie uns nun bitte auch weiter!«

»Wieso sollte ich? Es gibt keinen Grund für mich, die private Konkurrenz zu hofieren, während Sie zur Offenheit verpflichtet sind.«

»Danke. Das ist jetzt aber nicht sehr freundlich von Ihnen«, sagte Verena ärgerlich.

»Freundlich zu sein war auch nicht meine Absicht. Schließlich bin ich hier, um Neuigkeiten zu erfahren und nicht um mich nach Horst Barmst... Scheiße.«

»Wie bitte?«, fragte Peter, der sofort hellhörig geworden war. »Haben Sie eben Horst Barmstedt gesagt?«

»Verdammt, ja. Der Mann ist bestimmt fünfundsiebzig. Kennen Sie ihn?«

»Wenn es der ist, den ich meine, ja. Wegen ihm bin ich damals aus eurem Verein geflogen. Wissen Sie das nicht?«

»Gehört davon habe ich, aber das war vor meiner Zeit. Vielleicht ein Jahr, bevor ich zum OK gestoßen bin. Viel darüber weiß ich nicht.«

»Vermutlich wissen Sie auch nicht, dass er auf Mallorca meine erste Frau entführt hatte.«

»Ihre erste?«

»Ja, sie hieß damals noch Michaela Kolb.«

»Darf ich fragen …«

»Im Gegensatz zu Ihnen bin ich kooperativ, auch wenn mir scheint, dass dies privat ist und niemanden etwas angeht. Meine Frau hat sich seelisch lange nicht von ihrer Entführung erholt, und als es endlich besser wurde, wurde Horst Barmstedt aus dem Gefängnis entlassen. Bei ihr kam alles wieder hoch, und sie ist in einer Nacht-und- Nebel-Aktion geflohen, weil sie erwartete, dass ich zu sehr an meinem Beruf hänge und nicht mit ihr fortgehe. In der Folgezeit bin ich in ein tiefes Loch gestürzt und wurde infolgedessen aus dem Polizeidienst entfernt. Sind damit alle Ihre Fragen beantwortet?«

»Ja, ja, aber haben Sie noch andere Informationen zu diesem Fall hier?«

Du bist doch ein Schlaumeier, dachte Peter, das mit Horst Barmstedt hast du ganz gezielt so gemacht, um mich geschwätzig zu machen. Das hättest du aber auch viel leichter haben können.

Laut sagte er: »Neuhaus empfängt in der nächsten Woche einen Container Tequila aus Mexiko, den die Spedition Rogowski im Containerhafen Hamburg übernimmt. Wir haben den Verdacht, dass es sich um einen Rauschgifttransport handeln könnte.«

»Woher in drei Teufels Namen wissen Sie denn das schon wieder?«, lamentierte Eisele fast schon resignierend. »Trotzdem muss ich Sie korrigieren, denn der Transport erfolgt erst Anfang übernächster Woche.«

»Aber …«

»Widersprechen Sie mir bitte nicht gleich, denn wir haben vor einem guten Vierteljahr einen Mann in die Spedition eingeschleust, der muss es schließlich wissen.«

»Sie könnten doch den Laden zur Sicherheit schon ab Montag überwachen lassen«, schlug Peter vor.

»Sie sind wirklich gut. Woher soll ich denn die Leute dafür nehmen?«

»Wie viele sind Sie denn zurzeit im Dezernat? Zu meiner Zeit waren wir zwanzig Personen.«

»Heute sind wir sogar vierundzwanzig, aber diese Jahreszeit macht mir zu schaffen. Vier sind im Skiurlaub, sieben krank und zwei zur Fortbildung. Auch ich müsste eigentlich zu einer Tagung nach Kiel, aber bei uns geht im Moment alles drunter und drüber. Außerdem haben wir fünf Leute abgestellt, um den Mord an der jungen Frau aus der Ukraine im Prostituiertenmilieu letzte Woche zu untersuchen. Bleiben mit mir noch sechs Leute übrig. Bei einer Rund-um-die-Uhr-Überwachung der Spedition kann ich meine Abteilung gleich dichtmachen. Das geht erst ab übernächsten Montag, wenn alle aus dem Urlaub zurück sind. Aber es wird auch nicht früher nötig werden, denn unser Undercover-Mann hat uns die Ankunftszeit des Containers auf die Stunde genau genannt: übernächsten Montag um einundzwanzig Uhr. Mein Vorschlag an Sie wäre: Übernehmen Sie in der kommenden Woche die Überwachung.«

Eisele grinste, als er das sagte, aber Stefan nahm den Vorschlag ernst und antwortete: »Gute Idee, das werden wir tun.«

»Tun Sie, was Sie nicht lassen können. Aber ich gebe Ihnen den gut gemeinten Rat, sich aus unseren Ermittlungen herauszuhalten. Es könnte sonst sein, dass ich Sie wegen Behinderung unseres Einsatzes belange. Ich muss jetzt weiter. Tschüs.«

Kommissar Hundt, der hinter Eisele die Wohnung verließ, raunte ihnen zu: »Sie müssen das nicht tun. Eisele wäre es, wie Sie gemerkt haben, ohnehin lieber, wenn Sie die Finger davon ließen. Ich selbst kann Ihren Jagdeifer zwar verstehen, bin aber auch der Ansicht, dass die Sache zu gefährlich für Sie ist. Lassen Sie es.«

»Das werden wir mit Sicherheit nicht tun«, sagte Peter energisch. »Es wird mir eine ganz besondere Ehre sein, gerade diesem Ganoven endgültig das Handwerk zu legen. Auf Wiedersehen.«

»Stefan, Peter«, sagte Verena, die mit zur Tür gekommen war, »ihr habt versprochen, euch da rauszuhalten.«

»Ganz genau«, unterstützte sie Annika.

»Tut mir außerordentlich leid, aber das kann ich jetzt nicht mehr. Nicht mehr, wo ich weiß, dass es um Barmstedt geht. Mit dem habe ich noch eine Rechnung offen, und ich werde ihm einheizen, bis er schwarz wird.«

»Soll ich Peter vielleicht im Stich lassen?«, fragte Stefan aufgebracht.

»Ich hab aber Angst um euch beide.«

»Im Grunde habt ihr recht«, sagte Stefan. »Die Sache ist eine Nummer zu groß für uns. Aber ich kann Peter unmöglich allein losziehen lassen. Selbst wenn nichts passiert, könnte er sich nie mehr auf mich verlassen. Wenn aber etwas passiert, würde ich mir ewig Vorwürfe machen. So oder so, die Detektei wäre am Ende.«

»Okay, ihr beiden«, lenkte Annika zu Verenas Verwunderung plötzlich ein. »Ausreden können wir es euch ohnehin nicht, also werden wir uns damit arrangieren müssen. Vielleicht hat Eisele mit seiner Vermutung ja auch recht, dass der Transport erst in der übernächsten Woche über die Bühne geht, und ihr sitzt eine Woche lang vor der leeren Speditionshalle.«

»Vielleicht ist es wirklich so«, sagte Verena vorsichtig, und Peter ergänzte: »Wie dem auch sei, lieber vor einer leeren Speditionshalle ausharren als etwas verpassen.«

Für Carl Neuhaus wurde der Samstag nicht viel besser, als der Freitag geendet hatte. Er hatte sich immer für einen abgebrühten Ganoven gehalten, den so leicht nichts mehr erschüttern konnte. Und nun musste er einsehen, dass es ihm Schwierigkeiten bereitete, einen bezahlten Mörder anzuheuern. Damit würde er endgültig eine Grenze überschreiten, die zeitlebens tabu für ihn gewesen war.

»Was soll's – einmal ist immer das erste Mal«, sprach er sich am frühen Abend selbst Mut zu, nahm einen großen Schluck aus seiner Rotweinflasche und wählte die Nummer, die Horst Barmstedt ihm gegeben hatte.

Da er recht gut Italienisch sprach, ging die Verhandlung mit dem Killer schnell. Sie vereinbarten, dass Carl in einem

Schließfach am Frankfurter Hauptbahnhof sechstausend Euro hinterlegen und den Schlüssel mit einem bestimmten Frankfurter Kurierdienst an eine Adresse in Italien senden sollte. Der Auftragsmörder käme am Montagmorgen in Frankfurt an, und wenn das Geld ordnungsgemäß deponiert wäre, würde er seinen Auftrag erledigen. Kurz danach würde Carl den Schlüssel erneut in seinem Briefkasten vorfinden, noch einmal sechstausend Euro im Fach hinterlegen, und der Mörder würde genauso unauffällig verschwinden, wie er gekommen war.

»Das war doch gar nicht so schwierig«, sagte Carl zu sich selbst, als er das Gespräch beendet hatte.

Dennoch war er keine zehn Minuten später wieder im Keller, um sich erneut am Weinregal zu bedienen.

Auch der höhere Beamte in seinem schönen Bungalow im Odenwald, der fast schon eine Villa war, wurde noch an diesem Nachmittag aktiv. Er telefonierte ebenfalls mit Italien, nur dass er nicht andeutungsweise die Skrupel zeigte, die Carl Neuhaus gehabt hatte. Man hätte sogar fast sagen können, bei ihm gehörte es zu seinen alltäglichen Ritualen, sich über die Liquidation von unliebsamen Personen oder, wie in diesem Fall, von zu gefährlich gewordenen Mitarbeitern Gedanken zu machen.

Dennoch schloss er die Tür zu seinem Arbeitszimmer sorgfältig ab, bevor er das Telefon nahm, um die Nummer von Luigi Caprano zu wählen. Luigi war Sizilianer und weit mehr als ein gewöhnlicher Auftragsmörder. Er war einer der Feuerwehrmänner der Organisation, von denen es weltweit verteilt gut und gern zwei Dutzend gab. Und Caprano war einer der flexibelsten von ihnen. Man konnte ihn jederzeit losschicken, um eine Situation vor Ort zu begutachten, zu analysieren und dann entsprechend zu handeln. Genau das sollte er in diesem Falle tun.

Bevor der Beamte aber in dem kleinen Dorf unweit von Catania anrief, legte er den Hörer noch einmal zurück, schlich ins Schlafzimmer hinüber und überzeugte sich davon, dass seine schwangere Frau und ihr kleiner Sohn auch wirklich schliefen. Nicht auszudenken, was er tun müsste, wenn seine Frau jemals herausfände, dass er ganz und gar nicht der war, der er zu sein vorgab!

Da alles in Ordnung war, ging er wieder in sein Arbeitszimmer zurück, setzte sich in den bequemen Sessel und wählte die lange Nummer.

»Pronto«, meldete sich Capranos Stimme.

»Hallo, Luigi, ich hab wieder einen Auftrag für dich.«

»Ja?«

»Zwei Leute aus der Organisation müssen gründlich überprüft werden. Und wenn sie, wie ich fürchte, zum Sicherheitsrisiko geworden sind – du weißt ja, wie immer.«

»Um was geht es genau?«

Er erzählte dem Sizilianer, was sich in den letzten vierzehn Tagen in Frankfurt und Umgebung ereignet hatte, und schloss mit den Worten: »Du siehst, die Lage ist verdammt unübersichtlich geworden.«

»Soll ich die beiden Detektive gleich miterledigen?«

»Wenn du die Möglichkeit dazu siehst, ohne dass es ein Risiko darstellt – ja. Sei aber um Gottes willen vorsichtig, denn die beiden können uns im Grunde nicht gefährlich werden. Zurzeit wissen weder sie noch die Polizei etwas Konkretes von unserer Existenz, und das soll auch so bleiben. Wir sollten sie nicht unnötig auf unsere Fährte locken. Ja, im Grunde kann uns selbst Carl Neuhaus kaum gefährlich werden, da er keinerlei Kontakt zu uns hat. Allerdings ist er ein Vertrauter von Barmstedt, und wer weiß, was der ihm alles erzählt hat. Keinesfalls darf der in die Hände der Polizei oder der Detektive fallen! Das muss um jeden Preis verhindert werden.«

»Alles klar. Die Bezahlung ist wie immer?«

»Genau.«

»Okay, ich melde mich spätestens am Mittwoch. Ciao.«

Kaum dass er aufgelegt hatte, schlich der Beamte auf Strümpfen ins Schlafzimmer seines Dreihundert-Quadratmeter-Bungalows hinüber und sah, dass seine Frau im Begriff war, wach zu werden.

»Hast du gut geschlafen, Liebling?«

»Viel zu gut. Ich war auf einmal so müde. Und das am helllichten Tag.«

»Das wird von deiner Schwangerschaft kommen. Mach dir keine Gedanken«, log er dreist und ohne Zögern.

»Komm zu mir, Schatz«, sagte seine Frau in liebevoller Dankbarkeit, richtete sich im Bett auf und legte ihre Arme um seine Hüfte.

»Natürlich.«

Dann küsste er sie zärtlich und leidenschaftlich. Hätte sie auch nur geahnt, dass dieser leitende Beamte in Wahrheit ein Verbrecher der übelsten Sorte war und sie ein Kind dieses Ungeheuers in ihrem Bauch trug, wäre ihr bestimmt nicht nur von der Schwangerschaft übel geworden.

11.

In einem Café in Bad Camberg waren Peter, Stefan und ihre Familien am Sonntagnachmittag zufällig Dao Tae Wung und seiner Frau begegnet. Auch Kim Li und ihr frisch angetrauter Ehemann Jörg Stuhlbein waren dabei. Sie hatten fast den ganzen Nachmittag verplaudert, bevor die Jungvermählten sich verabschiedeten und zum Joggen aufbrachen. Nur wenig später gingen auch Dao und seine Frau.

Im Nachhinein hätte man glauben können, das Schicksal hätte den beiden Detektiven noch etwas Ruhe vor dem Sturm gönnen wollen. Aber an so etwas dachten weder Peter noch Stefan, als sie sich am Montagmorgen von ihren Frauen und Sven verabschiedeten. Während sich Verena, wenn auch mit einem ungutten Gefühl in der Magengrube, damit abgefunden hatte, dass die beiden trotz aller Gefahren weiterermitteln wollten, fiel es Annika viel schwerer, als sie selbst es erwartet hatte.

»Peter, bitte bleib zu Hause, bevor am Ende etwas passiert«, bettelte sie.

»Das kannst du nicht von mir verlangen, Annika. Wir gehen doch nur unserer Arbeit nach. Ich verbiete dir deine doch auch nicht.«

»Das wäre ja auch noch schöner, wenn du mir verbieten wolltest, den letzten Wunsch meines Mannes zu erfüllen!«, rief sie erbost.

»Dann lass uns auch unsere Arbeit tun«, fuhr Peter sie nicht minder zornig an, um dann ruhiger hinzuzufügen: »Immerhin war es Horst Barmstedt, der deine Freundin und meine erste Frau in ein nervliches Wrack verwandelt hat. Seinetwegen hat sie mich verlassen. Ihm verdanke ich es, dass ich meinen Job beim OK verloren habe, fast in die Trunksucht abgeglitten und schließlich beinahe tödlich verunglückt bin. Letztendlich ist er daran schuld, dass ich danach ganz den Polizeidienst verlassen musste. Ich kann erst wieder ruhig schlafen, wenn dieser Verbrecher für den Rest seines Lebens eingesperrt ist.«

»Bist du denn wirklich so unglücklich darüber, wie alles gekommen ist? Dass wir uns näher kennen …«

»Natürlich nicht, aber …«

»Dann bleib zu Haus. Ich kann mich auf nichts konzentrieren, solange du Barmstedt hinterherjagst.«

»Ach, Schatz, mach es mir doch nicht so schwer«, bat Peter und bemühte sich, die Fassung zu wahren.

Noch bevor Annika antworten konnte, mischte sich ihr Sohn ein: »Mama, dauert es noch lange? Ich hab zwar erst zur dritten Stunde Schule, aber …«

»Gleich, Sven. Ich kann nicht fahren, ohne dass …«

»Vergiss es, Mama. Ein richtiger Detektiv gibt nicht so kurz vor dem Ziel auf. Wenn du darauf wartest, dann stehen wir morgen noch hier.«

»Aber Sven«, entrüstete sich Annika. »Fällst du mir jetzt auch noch in den Rücken? Und woher weißt du von diesem Fall?«

»Meinst du, ich bin dumm? Außerdem muss ich zur Schule.«

»Peter, mir ist klar, dass du auch ohne mein Einverständnis weitermachst. Aber ich finde es nicht in Ordnung. Du machst mich so konfus, dass ich beim besten Willen nicht weiß, wie ich jetzt nach Darmstadt fahren soll.«

»Soll ich fahren?«, fragte Sven vorlaut, und bevor sie merkte, was sie tat, schrie sie den Zehnjährigen an: »Halt die Klappe!«

»Ich könnte dich doch fahren«, bot nun Verena mit beschwichtigender Stimme an, »ich hab Zeit dazu.«

»Aber nicht mehr lange.«

»Deshalb genieße ich das jetzt auch noch.«

»Geht das denn in deinem Zustand?«

»Ich bin schwanger, nicht krank.«

»Hochschwanger meinst du. Und dabei noch so ruhig.«

»Das solltest du auch wieder werden, deine Nerven könnten das vertragen. Deshalb komme ich mit nach Darmstadt und koche dir dort erst mal einen Beruhigungstee.«

Als Annika sich bei Verena für ihre Hilfe bedankte, war das der Startschuss für Peter: »Stefan, komm, wir müssen los, es eilt.«

»Aber mein Frühstück …«

»… kann warten. Theoretisch kann Anfang der Woche auch heißen, dass heute Morgen um drei schon …«

»… alles über die Bühne gegangen ist«, ergänzte Stefan und folgte Peter, der bereits im Treppenhaus war.

Peter startete den Wagen, schob die Les-Humphries-Singers-CD in den Player, manövrierte sein neues Auto aus der Parklücke und gab Gas. Der schwarze Lancia, der einige Fahrzeuge entfernt ebenfalls ausparkte, fiel ihm nicht auf.

In diesem Wagen saß Giuseppe Fontanella, der von Carl Neuhaus angeheuerte Killer, und fror entsetzlich.

Warum ist es in Deutschland nur immer so kalt, dachte

er und zitterte fast dabei. Mist, jetzt habe ich den günstigen Moment verpasst, um die Sache gefahrlos über die Bühne bringen zu können. Aber wer rechnet schon damit, dass die aus dem Haus gerannt kommen? Nun muss ich, wer weiß wie lange, hinter denen herfahren und eine günstige Gelegenheit abwarten. Hoffentlich machen die keine Deutschlandrundfahrt!

Fontanella rieb sich zum letzten Mal die klammen Finger und fuhr los. Er ärgerte sich über sich selbst, denn er hatte vergessen, seine dick gefütterten Handschuhe mitzunehmen. In seinem Heimatort an der kalabrischen Küste hatte der Frühling bereits Einzug gehalten. So war es kein Wunder, dass er am Morgen in seiner Reisetasche nur die dünnen Einweghandschuhe, die er wegen der Fingerabdrücke benutzte, gefunden hatte.

Fontanella hatte seine liebe Mühe, dem kleinen Mercedes von Peter Stettner zu folgen. Die Deutschen fahren aber auch immer schneller, dachte er grimmig.

Inzwischen hatten sie Kelkheim verlassen und die B8 erreicht. Während Peter Stettner seinen Wagen zur Höchstleistung antrieb, wurde Fontanella von einem jungen Mann, der alle Zeit der Welt zu haben schien, gnadenlos ausgebremst. Er drehte die Heizung seines Wagens voll auf und dachte: Ich darf die beiden nicht aus den Augen verlieren. Aber selbst wenn ich es schaffe dranzubleiben – wie soll ich denn mit diesen klammen Fingern auch nur einen einzigen präzisen Schuss abgeben?

Kriminalhauptkommissar Jakob Hundt hatte keine sehr ruhige Nacht verbracht. Obwohl er bereits früh am Sonntagabend zu Bett gegangen war, hatte er nicht einmal fünf Stunden geschlafen und sich von Albträumen geplagt im

Bett herumgewälzt. Immer wieder war ihm ein Gedanke wie ein Gespenst durch den Kopf gegeistert, ohne dass er ihn hätte fassen können. Aber er hatte ihm jede Ruhe geraubt.

Zuerst dachte er, es hinge damit zusammen, dass er seit einem halben Jahr geschieden war und seine Frau ihn für einen nicht ganz unvermögenden Bankangestellten verlassen hatte. Es hatte ja schon länger in ihrer Ehe gekriselt, aber Hundt war bis zuletzt davon ausgegangen, dass sich alles noch zum Guten wenden würde.

Doch am Tag der Scheidung hatte Helga es auf den Punkt gebracht: »Ich habe einfach keine Lust mehr, Angst haben zu müssen, dass du nicht heimkommst. Während du jederzeit in einen Schusswechsel geraten kannst, bekommt David im schlimmsten Fall von einem ärgerlichen Kunden seine Kreditkarten an den Kopf geworfen.«

Um vier Uhr früh war er dann aufgestanden und hatte begonnen, ruhelos wie ein Tiger im Käfig durch die Wohnung zu laufen. Schon bald wurde ihm klar, dass der Grund für seine Unruhe nicht bei seiner Ex-Frau zu suchen war.

»Die beiden Detektive haben in so vielen Punkten präzise ermittelt«, sagte er laut in den morgendlich stillen Raum. »Warum sollen sie sich gerade beim Liefertermin um eine ganze Woche vertun?« Was war, wenn Eisele unrecht hatte und die beiden auf der richtigen Spur waren? Dann liefen sie womöglich direkt in ihr Verderben. »Das kann ich unmöglich zulassen«, hörte er seine eigene Stimme im Raum hallen.

Mittlerweile war es sechs und Jäger bestimmt schon im Präsidium, deshalb griff er zum Hörer.

»Ich komme heute erst später, da ich einige Außentermine wahrnehmen muss, Herr Jäger«, beeilte er sich zu sagen. »Deshalb übergebe ich Ihnen die Leitung der anstehenden Ermittlungen.«

»Alles klar, Chef!«, rief Jäger eine Spur zu laut aus, da er glaubte, dass Hundt ihm nun endlich sein Vertrauen ausgesprochen habe.

Hätte er geahnt, dass Jakob Hundt in voller Absicht so früh angerufen hatte, weil sein Dezernat um diese Zeit noch unterbesetzt war, hätte Jäger sich gewundert. Hätte er aber gewusst warum, dann hätte er sich maßlos geärgert. Hundt hielt ihn für den einzigen Kollegen, der nicht auf die Idee kam, Rückfragen zu stellen. Auch darin, dass er Jäger vorübergehend die Leitung des Dezernates übergeben hatte, sah er kein allzu großes Problem, denn die anderen Kollegen beachteten Jägers Geschwätz ohnehin kaum und machten im Grunde das, was sie selbst für richtig hielten.

Hundt schnallte sich sein Holster um und steckte die Dienstpistole hinein, nahm seinen Mantel und die dicken Handschuhe vom Haken und verließ die Wohnung. Während er die ausgetretenen Granitstufen des Mietshauses in Frankfurt-Eckenheim, wo er seit seiner Jugendzeit wohnte, hinunterging, dachte Hundt: Vielleicht sollte ich Jägers Antrag auf vorzeitige Versetzung in den Ruhestand zustimmen, der Mann bekommt ohnehin kein Bein mehr auf den Boden.

Inzwischen war Hundt bei seinem vierzehn Jahre alten Ford Escort angekommen und hoffte inständig, dass der Wagen wenigstens dieses Mal ansprang. Gegen jede Gewohnheit tat er ihm den Gefallen, und Hundt brauste ohne Rücksicht auf die geltenden Verkehrsregeln in Richtung Fechenheim.

Carl Neuhaus und Horst Barmstedt hatten sich schon früh am Morgen getroffen und waren zusammen nach

Fechenheim gefahren. Sie kamen um kurz nach neun auf dem Speditionsgelände an. Seine beiden Bodyguards hatte Barmstedt zu Hause gelassen und sogar seinen luxuriösen Wagen selbst gesteuert. Wenn er eine neue Rauschgiftlieferung in Empfang nahm und begutachtete, wollte er stets so wenig Zeugen wie möglich dabeihaben. Nur die beiden Trucker, der Spediteur, Carl, zwei handverlesene, schlagkräftige und skrupellose Arbeiter und er selbst waren anwesend.

Als sie in Fechenheim ankamen, wurden sie von Ludger Rogowski begrüßt.

»Ist die Lieferung schon da?«, fragte Carl.

»Noch nicht, aber lange kann es nicht mehr dauern. Mein Fahrer hat mich vor einer halben Stunde angerufen, da hatten sie gerade das Gambacher Kreuz passiert.«

»Das ist gut, Ludger. Gehen wir so lange ins Büro und warten«, meinte Horst Barmstedt vergnügt, für den es ein besonderes Highlight war, jede neue Lieferung selbst zu kontrollieren.

Peter bog gerade in die Carl-Benz-Straße in Fechenheim ein. »Wo genau ist denn jetzt die Spedition?«, fragte er Stefan.

»In der Adam-Opel-Straße. Dazu musst du jetzt gleich links abbiegen und dann hundert Meter geradeaus fahren. Parke am besten hier, damit uns niemand sieht. Die letzten Meter gehen wir zu Fuß.«

»In Ordnung, aber lass uns erst mal am Gelände vorbeifahren und nachsehen, ob wir uns eventuell von hinten anschleichen können.«

»Gute Idee.«

Wenig später hatten sie den Wagen abgestellt und schlenderten betont unauffällig zum Tor der Spedition hin. Ihnen fiel nichts Vernünftiges ein, wie sie auf den Hof gelangen konnten, ohne gleich bemerkt zu werden. Zumal das Firmengelände von brachliegenden Feldern und Wiesen umgeben sowie von Gebäuden und hohen Mauern begrenzt war.

In diesem Augenblick kam ihnen der Zufall zu Hilfe, denn ein großer Lastzug, auf dessen Planen der Schriftzug *Rogowski* zu lesen war, näherte sich dem Firmengelände. Als der Fahrer sein Fahrzeug durch die nicht allzu breite Einfahrt manövrierte, schlüpften die Detektive im Windschatten des Lastwagens mit hinein und hofften, dass der Trucker sie nicht im Rückspiegel entdeckt hatte.

Vor Barmstedt und seinen Leuten waren sie im Moment relativ sicher, aber an diesem Vormittag herrschte um das Gelände herum geradezu Hochbetrieb an Leuten, die hier normalerweise nichts zu suchen hatten. Da waren nicht nur Stefan und Peter, auch Kommissar Hundt lag bereits seit mehreren Stunden auf der Lauer, und die beiden Killer, von denen nur Luigi Caprano um die Existenz des anderen wusste, hatten Position auf verschiedenen Hallendächern bezogen.

Peter musste sich schwer beherrschen, als er Barmstedt aus dem Büro kommen und zu dem Fahrer hintreten sah, der gerade aus dem Führerhaus geklettert war. Am liebsten hätte er sich sofort auf den Mann gestürzt, der nicht viel mehr als dreißig Meter von ihm entfernt stand. Aber damit wäre niemandem geholfen gewesen. Deshalb beherrschte er sich zähneknirschend, belauschte die beiden Gangster und duckte sich noch etwas tiefer hinter den Palettenstapel, wo beide Deckung gefunden hatten.

»Seid ihr gut durchgekommen, Hans?«

»Bestens. Nicht mal eine Kontrolle wie sonst immer bei Kassel«, sagte der Trucker und zog seine speckige Lederjacke über, »auch sonst gab es nichts Auffälliges.«

»Komm erst mal rein und … wo ist eigentlich dein Beifahrer?«

»Fritz? Der schläft in der Kabine. Er ist den größten Teil des Rückweges gefahren.«

»Lass ihn pennen, und trink erst mal einen Kaffee mit uns. Die Arbeiter können inzwischen abladen. Meine Palette wie immer separat. Welche ist es denn?«

»Auf dem Motorwagen, ganz vorn unten rechts.«

Während die Männer zum Büro hinübergingen, flüsterte Stefan: »Wir müssen die Kripo anrufen«, und Peter nickte, während er sein Handy zückte und wählte.

»Wen rufst du an?«

»Hundt.«

»Warum nicht gleich Eisele vom OK?«

»Ist ungünstig ohne Durchwahl.«

Dann hatte er Hundt am Telefon: »Stettner hier. Wir hatten recht. Der Transport findet nicht erst nächste Woche statt, er ist soeben in Fechenheim angekommen. Informieren Sie bitte das OK?«

Dass Hundt ihm mit »Schon passiert« antwortete, irritierte Peter nur kurz, denn plötzlich überschlugen sich die Ereignisse.

Irgendjemand hatte die Detektive entdeckt und das Feuer auf sie eröffnet. Eine der Kugeln sauste haarscharf an Peters Kopf vorbei und blieb im Palettenstapel stecken. Im gleichen Moment fühlte Stefan einen brennenden Schmerz am rechten Oberarm, schrie leise auf und zog sich, soweit es möglich war, zurück. Auch Peter warf sich hinter dem Palettenstapel in den Schmutz, um weiteren Kugeln zu entgehen, die prompt folgten. Aber nicht nur Giuseppe Fontanella schoss, vom Hof aus wurde sein Feuer erwidert. Kommissar Hundt war hinter einem zweiten, dort abgestellten LKW aufgetaucht und lieferte sich nun einen heftigen Schusswechsel mit dem Italiener. Fontanella wurde von einem Angriff aus dieser Position völlig überrascht und feuerte blindlings in Richtung des Kommissars. Hundt hatte allerdings die ruhigere Hand. Fontanella kam gar nicht mehr dazu, das Magazin seines halbautomatischen Präzisionsgewehres auch nur halbwegs leerzuschießen, als er gleich von mehreren Kugeln getroffen auf dem Dach zusammenbrach. Aus Peters Position war nicht zu erkennen, ob er nur verletzt oder gar getötet worden war.

Genau in diesem Moment stürmten Rogowski und Neuhaus, angeführt von Horst Barmstedt, aus dem Büro. Barmstedt sah Hundt als Erster und feuerte auf ihn, traf aber nicht. Noch bevor er ein zweites Mal abdrücken konnte, herrschte Tumult auf dem Hof der Spedition. Das SEK der Kripo unter Leitung der Kommissare Neuber und Eisele stürmten das Speditionsgelände. Eisele selbst schoss Rogowski und Barmstedt kampfunfähig, die bis zu diesen Zeitpunkt tatsächlich der Meinung waren, sich freifeuern zu können. Daraufhin ließ Neuhaus seine Waffe fallen und ergab sich.

Nun stürmten die zwölf Männer des SEK das ganze Gelände. Dabei wurden sie von Luigi Caprano aufmerksam beobachtet, der sich bislang ruhig verhalten hatte. Schließlich ahnte keiner der Beamten dort unten, dass er überhaupt existierte. Es zeigte sich wieder einmal, dass sein Auftraggeber die richtige Spürnase gehabt hatte. Hier lief ja wirklich alles aus dem Ruder. Was das bedeutete, war klar. Dennoch war sein Auftrag inzwischen auch für ihn gefährlich geworden. Um ihn herum wimmelte es nur so von Polizisten. Er durfte sich nicht den geringsten Fehler erlauben, wenn er mit heiler Haut davonkommen wollte.

Kurz darauf schien der richtige Moment gekommen zu sein, um seinen Auftrag auszuführen. Die Polizisten schwärmten aus, um die anderen Personen, die sich noch auf dem Gelände befanden, dingfest zu machen. Nur Hundt und Eisele blieben als Wache bei den drei gefesselten Gangstern zurück. Rogowski und Barmstedt waren leicht verletzt, Neuhaus völlig unversehrt.

Caprano trat hinter dem Schornstein, wo er die ganze Zeit regungslos verharrt hatte, hervor und streckte die drei Verhafteten mit gut gezielten Schüssen aus seiner schallgedämpften Pistole nieder. Einen kurzen Moment überlegte er, ob er die beiden Polizeibeamten zum eigenen Schutz ebenfalls töten sollte, und genau dieses nicht einmal einsekündige Zögern war sein Fehler.

Denn Peter bemerkte, was er vorhatte, und schoss zuerst. Es war auf die Entfernung nicht auszumachen, ob er den Killer getroffen hatte, aber Caprano verschwand blitzschnell in der Deckung.

»Der will hinten raus!«, rief Peter Stefan zu. »Ich folge, du schneidest ihm mit dem Auto den Weg ab.«

Dabei warf Peter seinem Freund den Autoschlüssel zu und rannte los. Er hatte schon fast die an der Wand befestigte verrostete Eisenleiter erreicht, die aufs flache Pultdach der alten Backsteinhalle führte, als drei Leute vom SEK auf ihn zugestürmt kamen. Einer wollte sogar auf Peter anlegen.

»Halt, bloß nicht«, rief Eisele, »der Mann gehört zu uns.«

Im gleichen Moment rannte Stefan durch das Hoftor, und Hundt brüllte: »Der auch!«

Die Beamten rannten los, um Peter und Stefan zu folgen.

Unterdessen war Peter auf das Hallendach gestiegen und verfolgte Caprano, der auf der glitschigen Dachpappe ausgerutscht war und dabei seine Pistole hatte fallen lassen, als Peter auf ihn geschossen hatte. Zu seinem Unglück war sie in die Dachrinne gerutscht, wo sie unerreichbar für ihn blieb. Der Mörder erkannte, dass er sein Heil schnellstmöglich in der Flucht suchen musste, und kletterte auf der rückwärtigen Seite der Halle die Leiter herunter, die er selbst mitgebracht hatte, um auf das Dach zu gelangen. Sie umzustoßen blieb ihm keine Zeit, da er im Gegensatz zu Peter unbewaffnet war und dieser bereits in Sichtweite kam. Caprano hoffte hier unten Deckung zu finden, denn um die Spedition herum gab es jede Menge Brachland, das, da es voraussichtlich bald zu Bauland würde, in den letzten Jahren nicht mehr beackert worden war. Nun, zum Ende des Winters hin, war alles zu einer matschig-modrigen Gras- und Gestrüppfläche geworden, die in weiten Teilen mannshoch und schwer zu durchdringen war.

Nahezu orientierungslos stolperte der Gangster der Straße entgegen, aber Peter folgte ihm; wenn auch keuchend und mit deutlichem Abstand.

Unterdessen hatte auch Stefan das Auto erreicht und war damit in die winterliche Grassteppe hineingefahren. Die inzwischen kaum noch blutende Wunde am Oberarm hatte er im Jagdfieber völlig vergessen. Schon nach wenigen Metern sah Peters neuer Wagen aus wie nach einer Schlammschlacht, aber er wühlte sich brav durch den nur noch stellenweise gefrorenen Ackerboden.

Plötzlich sah Stefan den Gangster einige Meter rechts von sich auftauchen. Peter keuchte in einiger Entfernung hinter ihm her. Stefan riss kurzerhand das Steuer herum, hoffte, dass der Wagen sich nicht festfuhr, und hatte Glück. Die Räder drehten kurz durch, aber fingen sich sofort wieder, und nur wenige Sekunden später schnitt er dem Ganoven den Weg ab. Stefan stieg aus und trat dem glücklicherweise unbewaffneten Killer in den Weg. Der blieb stehen, drehte sich zu Peter um und wieder zurück, und ehe er sich's versah, hatte er Stefans linke Faust in der Magengegend. Caprano krümmte sich und gab sich damit preis, um endgültig außer Gefecht gesetzt zu werden. Stefan schlug mit der Handkante der Rechten genau so fest zu, dass der Killer bewusstlos zu Boden sank. Dabei schrie Stefan vor Schmerz laut auf. Er hatte ganz vergessen gehabt, dass der Arm, mit dem er zuschlug, verwundet war.

Dieser Schrei rief einige Leute vom SEK herbei, und der Erste meinte anerkennend: »Gute Arbeit, meine Herren.«

Dann sah er Stefans blutverschmierten Ärmel und fragte besorgt: »Sind Sie verletzt?«

»Ja, der zweite Mann auf dem Dach hat mich angeschossen. Was ist mit ihm?«

»Kommissar Hundt hat ihn dreimal getroffen, aber der wird wieder. Sie kommen jetzt am besten gleich mit mir. Der erste Rettungswagen ist inzwischen eingetroffen, die können Sie verarzten.«

Während Peter und Stefan ihr Auto erst einmal stehen ließen und dem Beamten folgten, legten die anderen Polizisten Luigi Caprano Handschellen an und brachten ihn zum nächsten Polizeiwagen.

Leider waren im Schlepptau des Rettungswagens gleich mehrere Journalisten und sogar ein Fernsehteam gekommen, die live und ausführlich von den Vorkommnissen in Fechenheim berichteten.

Sie interviewten gerade Eisele und Hundt. Als Letzterer die beiden Detektive erblickte, sagte er: »Diesen Schlag gegen die Rauschgiftdealer haben wir im Grunde den Herren Stettner und Weimershaus von der Detektivagentur der Taunus-Ermittler in Kelkheim zu verdanken.«

Dabei zeigte er auf die beiden, die gerade mit dem Beamten des SEK zurückkamen.

»Oh, Herr Weimershaus, ich sehe gerade, dass Sie verletzt sind. Gehen Sie ruhig erst zum Sanitäter. Dann müssten Sie uns bitte noch einige Fragen beantworten.«

Etwa um die gleiche Zeit kamen Verena, Annika und Sven nach Kelkheim zurück.

»Kommst du noch auf einen Kaffee mit rein?«, fragte Verena.

»Eigentlich müssten wir weiter.«

»Ach komm, leiste mir doch noch etwas Gesellschaft.«

»Ich hab auch Durst, Mama.«

»Okay, aber nur eine halbe Stunde. Ich habe nicht gedacht, dass das Einrichten einer Stiftung mit so viel Arbeit verbunden ist.«

Während Verena in die Küche ging, deckten Annika und Sven im Wohnzimmer den Kaffeetisch.

»Kann ich mal den Fernseher einschalten?«, rief Annika. »Wir haben heute noch gar keine Nachrichten gesehen.«

»Ja klar, mach nur an.«

Annika drückte auf die Fernbedienung, und genau in diesem Moment ertönte die Stimme des Nachrichtensprechers: »... Uhr, wir bringen Nachrichten.«

Nachdem sich der Sprecher einige Minuten lang über

die politische Lage im Nahen Osten ausgelassen und noch einige kleinere Meldungen vorgelesen hatte, sagte er plötzlich: »Zum Abschluss noch eine brandaktuelle Meldung aus Frankfurt. Dort ist der Polizei vor wenigen Minuten ein großer Schlag gegen das organisierte Verbrechen gelungen. Wir schalten direkt zur Live-Berichterstattung in den Stadtteil Fechenheim.«

Annika rannte in die Küche und rief: »Komm schnell, Verena! Die bringen einen Bericht von einer Polizeiaktion in Fechenheim.«

Gerade als die beiden Frauen zur Tür hereinkamen, sagte der Sprecher: »… ist es vor weniger als einer Stunde zu einem heftigen Schusswechsel zwischen der Polizei und zwei Privatdetektiven auf der einen Seite sowie Rauschgifthändlern und zwei angeheuerten Auftragsmördern auf der anderen Seite gekommen.«

»Was!«, schrie Verena laut auf und ließ sich aufs Sofa fallen. Sie presste beide Hände gegen den Unterleib und stöhnte auf: »Oh mein Gott.«

Es hatte ihr einen heftigen Stich im Unterleib versetzt, als sie das mit dem Schusswechsel gehört hatte.

Aber es kam noch schlimmer, als der Nachrichtensprecher sagte: »Im Moment ist die Situation vor Ort noch ziemlich verworren, aber es steht bereits fest, dass es mehrere Tote und Verletzte gab.«

»Nein!«, schrie Verena laut auf. Mit schmerzverzerrtem Gesicht hielt sie die Hände an den Bauch.

»Soll ich dich in die Klinik fahren?«

»Nein, ich muss erst wissen, was da passiert ist.«

Gerade in diesem Moment kam Peter Stettner ins Bild.

»Wo ist Stefan?«, fragte Verena panisch, um wie gebannt weiter zuzuhören: »Herr Stettner, Sie und Ihr Partner haben die Polizei beim Kampf gegen das organisierte Verbrechen tatkräftig unterstützt, warum?«

»Wir haben in einem Fall von Gewalt an einer Schule ermittelt, und dieser hat sich gewaltig ausgeweitet.«

»Ihr Partner hat ja auch etwas abbekommen …«

Weiter hörte Verena nicht mehr zu, sie schrie vor Schmerzen laut auf und war nicht mehr ansprechbar.

»So, keine Widerrede«, sagte Annika, »ich bringe dich jetzt nach Bad Soden ins Krankenhaus.«

In dem Moment antwortete Peter dem Reporter: »Er hat einen Streifschuss am Arm, es ist nicht so schlimm. In drei bis vier Wochen ist er wieder einsatzfähig.«

Verena hatte das nicht mehr gehört, aber Annika. Langsam beruhigte sie sich wieder und sagte zu Sven: »Ich bringe Verena jetzt ins Krankenhaus, damit mit den Babys nichts passiert. Traust du dir zu, hier allein auf Stefan und Peter zu warten?«

»Natürlich, Mama«, sagte Sven und kam sich dabei sehr erwachsen vor.

»Wenn ich bis dahin noch nicht zurück bin, kommt ihr nach Bad Soden.«

12.

Eine gute Stunde später kamen die Detektive zurück und wunderten sich erst einmal, dass nur Sven da war.

»Wo sind denn Verena und deine Mutti?«, fragte Stefan.

»Da war vorhin so eine Nachrichtensendung im Fernsehen«, begann Sven zögernd.

»Ist was mit den Kindern?«, schaltete Stefan sofort.

»Weiß ich nicht, aber Mama hat Verena sofort ins Krankenhaus gebracht, wie die Schmerzen angefangen haben. Wir sollen hinkommen.«

Trotz einiger roter Ampeln schaffte es Peter, in nur fünfzehn Minuten in Bad Soden zu sein. Als sie den Eingangsbereich des Kreiskrankenhauses erreichten, kam ihnen bereits Annika entgegen.

»Was ist mit Verena und den Kindern?«, platzte es aus Stefan heraus.

»Ihnen geht es gut.«

»Woher weißt du das? Hast du mit dem Arzt gesprochen?«

»Komm doch einfach mit und sieh selbst.«

Stefan konnte nicht klar denken und verstand nicht, was sie meinte. Bitte lass den Kindern nichts passiert sein, flehte er innerlich und gestand sich ein, dass er selbst nach Verenas Entführung nicht eine Sekunde lang eine solche Möglichkeit in Betracht gezogen hatte.

Schreckensbleich und auf wackligen Beinen folgte er den

anderen ins Krankenzimmer und sah zu seiner Verlobten hin, die völlig erschöpft in den Kissen lag. Auf ihrem Oberkörper hielt sie ein kleines weißes Bündel, ein zweites lag neben ihr.

»Was … was ist … sind sie schon …?«, stotterte er.

»Na sicher«, neckte Peter, der schon längst im Bilde war, seinen Freund, »und herzlichen Glückwunsch.«

Dann schlug Verena, die bis dahin geschlafen hatte, die Augen auf, sah zu Stefan hin, murmelte: »Ein Segen, du bist nicht tot«, und ein Lächeln überflog ihr Gesicht.

»Davon wüsste ich aber was, wenn man von einem Streifschuss stirbt. Keine Angst, ich bleibe dir erhalten.«

»Na Gott sei Dank«, hauchte Verena, und Sven fragte: »Wisst ihr schon, wie die beiden heißen sollen?«

Noch bevor Stefan etwas dazu sagen konnte, sagte Verena: »Alina und Anina, wenn Stefan nichts dagegen hat«, und schlief vor Erschöpfung wieder ein.

Während Annika mit Sven nach Darmstadt zurückfuhr, blieben Peter und Stefan noch eine Weile bei Verena und den Babys, dann kehrten sie nach Kelkheim zurück. Als sie das Ortsschild passierten, sagte Stefan: »Wenn es dir recht ist, werde ich mich in den nächsten sechs bis acht Wochen aus der Arbeit ausklinken.«

»Mach das nur, auch ich bin etwas mitgenommen und werde etwas kürzer treten. Hauptsache, du machst überhaupt weiter.«

»Warum denn nicht?«

»Weil es heute zum ersten Mal wirklich brenzlig wurde. Ich hatte schon die Befürchtung, du lässt mich allein weitermachen.«

»Das könnte dir so passen, die Lorbeeren in Zukunft allein einzuheimsen. Das kommt gar nicht infrage.«

In diesem Moment waren sie in der Krakauer Straße angekommen, und Stefan verabschiedete sich von Peter. Er stieg die Treppen zu ihrer Wohnung hinauf und nahm das Telefon aus der Basisstation. Dann wählte er eine ellenlange Nummer und wartete darauf, dass er mit seinen zukünftigen Schwiegereltern in Australien verbunden wurde.

Am anderen Ende meldete sich die verschlafene Stimme Joachim Stettners.

»Hallo, Joachim, ich bin's, Stefan.«

»Schön, dass du dich auch mal wieder meldest, aber morgens um fünf? Ist was passiert?«

»Und ob. Ihr seid Großeltern geworden.«

Dann erzählte er dem Bildhauer lang und breit von Verenas Frühgeburt, ließ aber geflissentlich weg, was diese ausgelöst hatte.

Einige Tage später war Verena wieder zu Hause, und alle Verwandten wussten inzwischen Bescheid. Leider mussten die Zwillinge noch einige Tage zur Beobachtung in der Klinik bleiben, denn sie waren gut und gern fünf Wochen zu früh gekommen und noch etwas schwächlich.

Eines Abends kam Kommissar Hundt noch einmal vorbei. Annika und Peter waren auch gerade anwesend, und alle begrüßten den Kriminalbeamten herzlich.

»Ich habe Ihnen erst einmal einige Tage Zeit gelassen«, sagte Hundt, der in einem Wohnzimmersessel Platz genommen hatte, »aber jetzt muss ich Sie doch noch mal ins Präsidium bitten, um Ihre Aussagen zu Protokoll zu nehmen. Außerdem wollte ich Ihnen noch einige Hintergrundinformationen zukommen lassen. Was ich im Grunde nicht dürfte, aber wir haben Ihnen in dieser Sache wirklich viel zu verdanken. Eisele und seine Kollegen vom OK würden mir den Kopf abreißen, wenn sie wüssten, dass ich mit Ihnen spreche, aber ich bin der Meinung, die Fairness gebietet dies. Aber bewahren Sie bitte Stillschweigen über das, was heute gesprochen wird. – Ach ja, Frau Fahrwaldt, ist Ihr Sohn in der Nähe?«

»Nein, er ist heute bei einer Geburtstagsparty eines Freundes in Darmstadt und übernachtet dort.«

»Das ist gut. Denn wie Sie selbst schon sagten, sollte er möglichst nicht zu viel von diesen Dingen mitbekommen.«

»Allerdings«, sagte Annika, und Stefan fragte: »Wie kam es eigentlich, dass Eisele einen falschen Termin für die Rauschgiftlieferung genannt bekam?«

»Weil sich sein Mitarbeiter umdrehen ließ und sich auf die Seite der Verbrecher geschlagen hat.«

»Wie haben die das denn geschafft?«

»Das war der Verdienst von Rogowskis Frau. Sie ist sehr attraktiv, und mehr brauche ich dazu wohl nicht zu sagen.«

»Das ist ja ein Ding«, sagte Peter, »dann kann man Eisele wirklich keinen Vorwurf machen.«

»Keineswegs, er ist ein sehr fähiger Beamter.«

Danach driftete das Gespräch etwas ab, und Stefan berichtete stolz von den Zwillingen, bis Peter unvermittelt noch einmal zu dem Fall kam: »Im Fernsehen hat es nur geheißen, es gab Tote und Verwundete. Wer ist denn durch wen zu Tode gekommen?«

»Das ist eine der Kuriositäten bei diesem Einsatz. Da waren unabhängig voneinander zwei Auftragsmörder auf den Dächern. Der Erste, er wurde übrigens mit internationalem Haftbefehl gesucht, hat ganze Arbeit geleistet und Rogowski und Barmstedt getötet. Neuhaus ist schwer verletzt, wird aber ohne dauerhafte Folgeschäden überleben. Nachdem man ihm versprochen hat, ihn ins Zeugenschutzprogramm aufzunehmen, singt er wie eine Nachtigall. Ihm ist es zu verdanken, dass wir den Drogenhandel an fünf Frankfurter Schulen, den er selbst ja erst mit aufgebaut hat, eine ganze Zeit lang austrocknen können. An der Schule in Höchst war es übrigens am schlimmsten. Nicht weniger als dreißig Schüler zwischen zehn und sechzehn Jahren waren dort aktiv in die Sache verwickelt. Wer bereits strafmündig ist, wird so einiges an Sozialstunden ableisten dürfen. Bei Drogen verstehen auch die Jugendrichter keinen Spaß. Bei Lukas Aderholt wird das aber bestimmt nicht ausreichen. Nicht bei dieser kriminellen Energie. Wie ich den zuständigen Staatsanwalt kenne, wird er auf eine Jugendstrafe plädieren. Denn wie es im Moment aussieht, ist Lukas der uneingeschränkte Boss des Hauptschulzweiges.«

»Was wird aus seinem Vater?«

»Der letzte Stand der Ermittlungen ist, dass der schwer alkoholabhängige Mann vermutlich als Drogenkurier missbraucht wurde. Er wusste zwar, dass er bei etwas Verbotenem hilft, aber er glaubte, Raubkopien von Actionstreifen zu transportieren. Etwas anderes dürfte ihm auch nicht nachzuweisen sein. Übrigens werden die Typen um Tom Ginther genauso wenig ungeschoren davonkommen wie Carl Neuhaus' Schlägertruppe. Ginther und seinen Freunden konnten wir außer dem Rauschgifthandel auch zahlreiche Sachbeschädigungen und Schlägereien nachweisen, und Neuhaus' Truppe ließ sich mit dem Überfall auf die Wegmanns in Verbindung bringen. Die Familie Wegmann hat mich übrigens beauftragt, Ihnen Grüße auszurichten. Die drei ziehen demnächst nach Hattersheim.«

»Das sind ja gute Nachrichten«, sagte Verena, »Herr Hundt, wollen Sie noch ein Bier?«

»Nein danke, ich muss ja wieder weiter. Was ich Sie noch

fragen wollte, Herr Stettner, Herr Weimershaus: Wollen Sie eigentlich wegen des Überfalls am Westbahnhof Anzeige gegen die Schläger erstatten?«

»Besser nicht, wir waren ja auch nicht gerade zimperlich.«

»Das war doch Notwehr.«

»Herr Kommissar«, sagte Peter plötzlich, »was meinen Sie, haben wir die gesamte Bande erwischt oder …«

»Machen wir uns nichts vor«, sagte Hundt. »Das war kaum mehr als die berühmte Spitze des Eisberges. Oberhalb von Barmstedt gibt es mit Sicherheit weitaus wichtigere Personen, die in Wahrheit die Fäden ziehen. Nur weil sie nie in Erscheinung treten, heißt das nicht, dass es sie nicht gibt. Immerhin, der ausführenden Ebene haben wir ganz schön zugesetzt. Bis das alles wieder aufgebaut ist, vergeht schon etwas Zeit. Zumal wir auch diese beiden Killer dauerhaft aus dem Verkehr ziehen können.«

Nachdem die Detektive keine Fragen mehr hatten, plauderten sie noch eine Weile, bis der Kommissar sich verabschiedete und nach Hause fuhr.

Als er gegangen war, atmeten alle tief durch, und Peter sagte: »Das war vielleicht ein Fall. So heftig braucht es nicht gleich wieder zu werden. Darauf trinken wir jetzt noch ein Glas, und morgen werde ich Burkhard anrufen und ihn fragen, welchen Beruf Frau Neuner erlernt hat.«

»Du willst der Frau helfen?«, fragte Annika.

»Ja, ich habe da so eine Idee.«

»Dann solltest du auch Michaela anrufen«, sagte Verena, »und ihr mitteilen, dass sie keine Angst mehr vor Barmstedt zu haben braucht.«

Eine gute Woche später konnten Alina und Anina nach Hause geholt werden, die sich in der Zwischenzeit prächtig entwickelt hatten. Stefan und Verena waren genauso glücklich wie Frau Neuner, die kurzerhand Verenas Job bei Herrn Vollberth übernommen hatte. Mit Dr. Pfannmöllers Hilfe hatte sie sogar eine passende Wohnung in Hornau gefunden.

Einige Wochen später, Stefan hatte vor, in der nächsten Woche die Arbeit wieder aufzunehmen, überflog er beim Frühstück mehrere Tageszeitungen, unter anderem das Darmstädter Echo.

Die Meldung eines tragischen Verkehrsunfalles im Odenwald fesselte ihn besonders, obwohl er nicht sagen konnte, warum. Da stand zu lesen, dass ein leitender Mitarbeiter einer Behörde in Darmstadt direkt vor seiner Haustür von einem Verkehrsrowdy angefahren worden war. Der Beamte war fast zwanzig Meter weit mitgeschleift worden und mit schwersten Verletzungen am Straßenrand liegen geblieben. Vom Unglücksfahrer, zu dessen Fahrzeug es keinerlei Hinweise gab, fehlte jede Spur. Obwohl zu der frühen Morgenstunde bereits kurz darauf ein Passant vorbeikam und erste Hilfe leistete, verstarb der Mann noch an der Unfallstelle. Seine hochschwangere Frau, die alles vom Küchenfenster aus mit ansehen musste, erlitt daraufhin eine Fehlgeburt.

Ein tragischer Unfall, wenn man es nicht besser wusste.

ENDE